LES NOIX
LA MOUCHE
LE CITRON

ET DIX AUTRES RÉCITS DE L'ÉPOQUE TAISHÔ

NOUVELLES JAPONAISES

traduites du japonais
par le groupe Kirin

Tome 1

EDITIONS PICQUIER

ISBN : 2-87622-000-8

Ce livre a été publié avec le concours de la Fondation de France
et de l'Université de Paris VII

KIRIN

Groupe de traduction et de recherche
en littérature japonaise moderne

Membres réguliers (1983-1984)

Yûko BRUNET
Atsuko CEUGNIET
Edwige de CHAVANES
Fusako HALLÉ
Pascale MONTUPET
Claude PÉRONNY
Jacqueline PIGEOT
Cécile SAKAI
Jean-Jacques TSCHUDIN

Ont également collaboré à ce recueil :

Christine de LARROCHE-KODAMA
Marc MÉCRÉANT
Isabelle PY BALIBAR

AVERTISSEMENT

1. Transcription et prononciation : la transcription se fonde sur le système de Hepburn. On notera que :

   e correspond au français *é* (sauf devant *n* : *ben* se lit *benne*) ;
   u correspond au français *ou* ;
   g toujours occlusif ; *ge* se lit *gué*, *gi* se lit *gui* ;
   h aspiré ;
   r intermédiaire entre *r* et *l* ;
   s toujours sourd (*kasumi* se lit *kassoumi*) ;
   w semi-voyelle (comme en anglais) ;
   ch note une affriquée (*chô* se lit *tchô*).

   L'accent circonflexe indique une voyelle longue.

2. Pour les noms de personnes, nous avons respecté l'ordre japonais qui place le nom de famille avant le nom personnel, ainsi que l'usage de désigner certains écrivains célèbres par leur seul nom personnel.

Par ce choix de nouvelles, nous désirons donner une idée générale des options littéraires retenues par les premières générations d'auteurs japonais modernes et présenter, ne serait-ce que par un court récit, plusieurs écrivains importants dont l'œuvre n'a encore fait l'objet d'aucune traduction en français. Nés et éduqués dans la seconde moitié du XIXe, ces romanciers commencent à publier à l'aube de notre siècle ; leur jeunesse coïncide donc avec un moment capital de l'histoire de leur pays puisque, après avoir vécu plus de deux siècles et demi coupé pratiquement du monde extérieur, il s'ouvre dès lors largement aux influences étrangères. Lancé à corps perdu dans une gigantesque entreprise de modernisation et de réorganisation, le Japon poursuit un objectif précis : s'inscrire dans le concert des nations,. s'y tailler une place de choix ; autrement dit, éviter le statut colonial ou semi-colonial que subissent alors l'ensemble des pays asiatiques et tenter de prendre place de l'autre côté, parmi les puissances impérialistes.

Le bouleversement que provoque cette ingestion massive des données occidentales n'affecte pas uniquement l'administration et les modes de production. Malgré la chimère un instant caressée de s'approprier la technologie moderne sans remettre en cause les valeurs éthiques traditionnelles, la vie sociale, les mœurs et la culture sont également touchées. Les arts sont tous sommés de s'interroger, de se redéfinir ; certains artistes, quitte à se retrouver peu à peu à l'écart de la vie réelle de la société, choisissent de maintenir envers et contre tout leurs traditions. D'autres, au contraire, les rejettent fougueusement pour mettre sur pied un art neuf, fondé exclusivement sur des concepts et des techniques importés ; beaucoup enfin rêvent d'une adaptation qui permettrait aux formes traditionnelles ainsi revitalisées de rendre compte des réalités nouvelles sans se saborder.

La prose en arrive vite à occuper une place particulière car, de tous les arts, elle seule parvient à éviter de se scinder en deux camps bien distincts — les traditionalistes et les modernes. Les arts plastiques, la poésie, la musique et le théâtre ont connu cette rupture, rapidement consommée, officialisée même au niveau de l'enseignement, et qui, malgré les passerelles récemment jetées, est encore loin d'être comblée. La prose a su y échapper et, même en ce début du XXe siècle d'où nous faisons partir notre anthologie, on ne peut opposer une école romanesque « japonaise » qui perpétuerait la fiction d'Edo à une école « moderne » qui produirait des succédanés plus ou moins bien venus des romanciers européens.

Le roman aurait-il seul réussi dans sa quête d'une fusion harmonieuse des traditions et des techniques nouvelles ou s'agit-il tout bonnement d'un effondrement total des procédés littéraires d'avant Meiji qui aurait laissé le champ libre aux modernistes ? Il est certain que la littérature romanesque de la fin d'Edo traversait une période de crise, vrai aussi que ses écrivains, tant par leur position sociale, peu respectable et souvent liée au monde des quartiers réservés, que par leur faible degré d'organisation, n'étaient guère à même de résister efficacement aux jeunes auteurs modernes. Cela ne suffit pourtant pas à rendre compte du phénomène, car malgré certaines apparences, l'intégration des influences occidentales ne se fit pas au prix d'un reniement absolu des traditions, de la culture indigène. Ou plutôt, quel que soit le degré d'européanisation du roman, au plan technique et conceptuel, la réalité japonaise, avec ce qu'elle comportait précisément de traditionnel, n'en est pas évacuée, ne pouvait d'ailleurs pas l'être. Ce Japon, c'est celui de la société de Taishô ; c'est ce monde effervescent, tiraillé entre des enseignements séculaires et les exigences de la modernisation, entre le pragmatisme, l'utilitarisme, la glorification du succès personnel et les vertus confucéennes, les idéaux de la voie du guerrier ou encore les conceptions bouddhiques. Pour les jeunes romanciers, c'est aussi l'âge des interrogations intenses sur la position même de l'artiste, de l'écrivain surtout, ce nouveau venu qui ne veut plus être un amuseur, qui se voudrait souvent Zola ou Ibsen, analyste scientifique de la société, dénonciateur de l'injustice, chantre de la vérité, de l'individu, de la liberté... mais qui se débat dans un réseau familial qu'il ne supporte plus, dans une société d'affairistes et de bureaucrates, sous un régime autoritaire toujours prêt à le censurer. Cette problématique n'apparaît pas toujours clairement dans les nouvelles que nous présentons — et ce d'autant moins que nous ne les avons pas choisies pour illustrer une thèse allant dans ce sens — mais elle sous-tend l'ensemble de la production littéraire de l'époque. Désespérées ou optimistes, crûment données ou masquées sous d'ingénieuses fables, ces questions sur la place de l'individu, de l'artiste, sur sa vie dans cette société qui n'en a cure, sont omniprésentes.

Contrairement à ses confrères en d'autres arts, le romancier ne peut choisir, quant à son travail créatif, les solutions extrêmes, l'enfermement dans une tradition immuable ou l'identification imaginaire à l'Occident. Il ne peut pas entièrement fermer les yeux devant cette réalité mixte, duelle, travaillée de courants antago-

nistes, d'ambitions et de remords, de nostalgie et de rêves modernistes. Tout d'abord la langue, son outil, lui est donnée. Certes, il tente de la modeler et l'une des tâches des premiers auteurs modernes sera précisément de forger une nouvelle langue littéraire, d'adapter à ses fins le parler de la capitale, désormais standard, et d'en maîtriser l'usage stylistique. Dès la fin de Meiji, l'entreprise est plus ou moins achevée ; le nouveau style, dit unifié, est adopté par presque tous. Cette nouvelle langue romanesque, c'est le japonais moderne, traversé souvent d'anglicismes ou de germanismes, mais avec aussi avec tout le poids de son héritage, tout son cortège d'images, d'association d'idées et de connotations séculaires. Thématiquement aussi, le monde de l'écrivain de Taishô est celui de son époque ; qu'il se penche sur le passé, qu'il puise son inspiration dans un récit classique ou dans un texte occidental, son œuvre reste inscrite dans son temps. Certaines peintures de l'époque auraient pu être peintes sous les Tokugawa, d'autres dans une académie française de province mais les romans, quel qu'ait pu être le désir de l'auteur de s'inscrire dans telle tendance, voire même de travailler délibérement à la manière de tel écrivain, ne quittent ni le Japon ni le XXe siècle.

Des nouvelles que nous avons retenues, la plus ancienne fut rédigée en 1910 et la plus récente en 1926, c'est dire que la période qu'elles recouvrent correspond pratiquement à l'ère Taishô (1912-1926). On s'étonnera peut-être de cette application d'un découpage — celui du règne d'un souverain — parfois déjà arbitraire en histoire politique, au domaine littéraire. Pourtant, il correspond bien à ce que l'on pourrait appeler la première époque de maturité du roman japonais moderne. D'une manière générale, les œuvres antérieures, celles de la fin du XIXe siècle, appartiennent encore à une période de transition, de mise en place d'un style nouveau, d'assimilation des procédés narratifs occidentaux et elles conservent encore, volontairement ou non, de nombreux traits de la littérature d'Edo. Par ailleurs, dès la fin des années

20, le roman va se développer dans un autre contexte social, va subir d'autres influences, celle du marxisme d'une part, de la psychanalyse aussi, et de l'autre, celle de toutes les avant-gardes européennes, du futurisme au surréalisme. Aussi, malgré la diversité des écoles, la littérature de Taishô n'en a-t-elle pas moins sa cohérence propre. C'est aussi le cas pour la société dans son ensemble ; le Japon connaît un moment d'équilibre précaire, la première vague de modernisation est passée, ses effets assimilés. Les objectifs majeurs de Meiji ont été atteints ; avec les succès militaires contre la Chine et la Russie, la signature d'une alliance avec l'Angleterre, l'annulation des traités inégaux et la participation aux côtés des Alliés à la Première Guerre mondiale, le Japon a obtenu sur le plan diplomatique la reconnaissance qu'il souhaitait. L'industrie tourne à plein rendement et le commerce japonais s'est taillé des marchés extérieurs importants alors que le pouvoir central, dont les partis politiques, jadis oppositionnels, sont désormais partie prenante, ne souffre guère de contestation. Cette « Démocratie de Taishô » n'aura qu'une vie brève car des remous viendront bientôt agiter le pays ; prix de l'industrialisation forcée, de l'insertion dans le marché mondial aussi, les troubles sociaux vont se multiplier rapidement. Un décret protectionniste, ou une mesure discriminatoire, adopté à Washington ou dans une capitale européenne, peut signifier la ruine d'un secteur de son économie. Le Japon connaîtra alors la récession, le chômage, les grèves et l'agitation syndicale aussi ; la puissance des zaibatsu, *la corruption parlementaire et la misère paysanne nourrissent des courants d'extrême-droite et l'on sait comment le Japon tentera de résoudre ces problèmes dans les années 30.*

Dans cette société de Taishô, les écrivains ont du mal à trouver leur place même si, dès la fin de cette période, ils voient se dessiner de nouvelles possibilités de sortir de leur isolement et de trouver un rôle social. Certains opteront pour le camp prolétarien et militeront aux côtés des partis d'extrême-gauche, d'autres préféreront le commercialisme et ses récompenses et produiront pour les journaux et les grandes maisons d'édition qui consomment toujours davantage de récits, de romans, pour leurs feuilletons et leurs collections populaires. D'une manière générale, les écrivains de Taishô vivent encore dans la fragile pureté de leurs illusions sur l'Art et la Vie d'Artiste. Ils tendent à former leurs propres cercles, les bundan *— cénacles littéraires qui, sous des apparences parfois bohèmes, conservent souvent des structures traditionnelles, hiérarchisées, au faîte desquelles règne le Maître. Communauté marginale, refuge sécurisant, le* bundan *fait aussi fonction de centre d'apprentissage pour le jeune amateur de lettres, puis d'agent littéraire pour ses premières œuvres. Les écrivains publient avant tout dans des revues spécialisées, étroitement liées à leur cénacle, voire même souvent éditées directement par ce dernier. Fondamentalement, ils écrivent pour leurs pairs même si, occasionnellement, ils connaissent un succès de librairie, le plus souvent lorsqu'un scandale quelconque en assure la publicité. Le courant dominant, c'est le naturalisme encore qu'il faille se garder de prendre ce terme dans son sens originel. En effet, malgré l'admiration hautement proclamée pour ses modèles européens, le naturalisme japonais prend vite une couleur spécifique et se spécialise dans le fameux* shi-shôsetsu, *le roman à la première personne. Négligeant les galeries de personnages, les intrigues complexes et multiples, les peintures d'un milieu déterminé ou encore de ses rapports avec les autres couches de la société, les naturalistes japonais se sont concentrés sur leur propre personne et, dans une veine autobiographique, décrivent leur vie, leurs problèmes et le mal qu'ils ont à les résoudre. La confession domine ; l'auteur arrache ses masques, montre ses obsessions, ses frustrations et ses menues bassesses. L'exposition publique, la franchise, justifient les actes et les pensées qui nourrissent le récit et en garantissent la valeur. A la limite, c'est leur vie même qui est art, et le texte ne s'en veut qu'un reportage direct, honnête, sans voile et sans artifice. Ce courant* *suscite vite des réactions et, sous des angles d'attaques divers, beaucoup le contestent. Certains dénoncent son pessimisme, son misérabilisme individuel et se veulent, au contraire, les hérauts optimistes de l'homme et de ses possibilités de bonheur. D'autres sont rebutés par son manque d'art, par la platitude de son écriture, par son refus de l'intrigue bien nouée et de toute architecture interne du texte. Bientôt, les écrivains socialistes, anarchistes puis marxistes réclameront l'engagement politique de la littérature et rejetteront eux aussi les voies du naturalisme tout en en conservant souvent la banalité formelle. Les tendances ou écoles anti-naturalistes sont nombreuses, mais leurs noms n'importent guère ici. Inventions de critiques en mal de catégorisation, références ponctuelles à un lieu de réunion ou au titre d'une revue, emprunts ou amalgames de termes occidentaux détournés de leur sens d'origine, cette abondante terminologie n'apporterait rien au lecteur. De toute façon, les meilleurs écrivains de l'époque finissent par y échapper ; quoique liés à divers courants, ils ont su les transcender et établir leur propre voie.*

Nous osons espérer que ce choix de textes donnera un aperçu assez fidèle des auteurs de Taishô, de la multiplicité des tendances, de la diversité des écritures et des options narratives et thématiques de cette époque. Précisons tout de même que nous n'avons voulu en aucun cas dresser un palmarès, qu'il ne s'agit pas des « Treize meilleures nouvelles de Taishô », mais d'une présentation de récits, inédits en version française, des principaux auteurs de cette période et cherchant à représenter équitablement l'ensemble des courants dominants.

On pourrait peut-être s'interroger sur la représentativité de récits aussi brefs mais il faut voir que la nouvelle était, et reste encore de nos jours, une des formes d'expression favorite des écrivains japonais et que pratiquement tous l'ont abondamment pratiquée. D'ailleurs, au Japon, la nouvelle ne se distingue pas clairement du roman et, des auteurs que nous présentons, nombreux sont ceux qui doivent leur gloire à leur maîtrise de cette forme courte. Deux absences surprendront le connaisseur de la littérature de Taishô : celle de Shimazaki Tôson et surtout celle de Natsume Sôseki, probablement le romancier le plus achevé de son époque. Nous avons en effet estimé que, contrairement à ce qui se passe pour la plupart de leurs collègues, leurs nouvelles, de toute manière relativement peu nombreuses, n'étaient pas très représentatives de leur talent et nous avons d'autant moins hésité que leurs grands romans sont accessibles au lecteur occidental, certains d'entre eux en français, les autres en anglais.

Pour terminer, nous aimerions dire un mot sur la manière dont le travail a été accompli. Composé de plusieurs enseignants de la section de japonais de l'université de Paris 7, auxquels se sont joints d'autres spécialistes de la littérature japonaise — eux-mêmes chercheurs et enseignants — notre groupe a relu collectivement les traductions présentées par chaque participant et a proposé des corrections, mais il va sans dire que les versions finales restent sous la responsabilité de leur signataire. Pour compléter notre travail, nous avons ajouté deux textes : Le rasoir, *le seul à avoir été publié antérieurement, que son traducteur, Monsieur Mécréant, a bien voulu remanier à notre intention, et* Feu d'artifice, *que nous avons inclu à la mémoire de Pierre Faure, notre ancien collègue, qui participerait certainement à nos réunions s'il était encore parmi nous. Quant au récit qui ouvre ce recueil,* Le ki-lin, *cette créature fantastique du bestiaire chinois sous le patronage de laquelle nous nous plaçons, il figure une tentative de traduction collective, au niveau de la rédaction définitive, rendue possible par les recherches préalables et la version de travail dont Fusako Hallé a bien voulu se charger.*

Jean-Jacques Tschudin.

IZUMI Kyôka

Les noix glacées

(Kurumi)

La nouvelle que nous proposons ici, Les Noix glacées, *a été publiée pour la première fois en février 1924 dans la revue* Shinkô. *Le lecteur trouvera dans ce récit un aperçu des thèmes chers à l'auteur, ainsi qu'une écriture dont le pouvoir d'évocation et la dimension proprement poétique tiennent non seulement à la richesse verbale (en ce que l'auteur a su exploiter toutes les ressources lexicales de la tradition), mais aussi à de surprenantes ruptures dans la narration. Cette irruption soudaine, et parfois soudainement délirante, d'éléments fantastiques dans les scènes les plus quotidiennes, donne toute la mesure — en l'occurrence la démesure, de son imagination.*

Izumi Kyôka (1873-1939) est né à Kanazawa, où son père exerçait le métier de maître-orfèvre. Sa mère, qu'il perdit à l'âge de neuf ans, était issue d'une famille d'artistes d'Edo, qui pratiquait la musique traditionnelle depuis des générations. Dès 1891, Kyôka fut reçu par le romancier Ozaki Kôyô dont il devint le disciple préféré. Ce fut le point de départ d'une longue carrière d'écrivain qui couvre les époques de Meiji, Taishô et Shôwa.

Foncièrement romantique, Kyôka fut parfois un peu isolé à une période où la vogue littéraire était plutôt au naturalisme, mais sa production abondante a connu, de son vivant, de fervents admirateurs. Aujourd'hui où l'on envisage la refonte de l'histoire de la littérature du Japon, l'œuvre de Kyôka devrait occuper dans cette version révisée une place beaucoup plus importante que celle qui lui a été réservée jusqu'à maintenant.

Le voyageur fit ce récit.

C'était dans une contrée du Nord, à l'époque de l'année où rougissent les érables. Il marchait dans les rues de sa ville natale. Les empreintes laissées par les passants sur le gravier répandu pour les travaux de réfection de la grand-rue lui faisaient tout naturellement songer au chemin qu'on se fraie dans une épaisse couche de neige.

Il y avait là une coquette pâtisserie.

Le voyageur entra dans la boutique. « Avez-vous des friandises aux noix ? » Il avait l'intention de rapporter un souvenir. La jolie personne qui lui répondit portait l'épais chignon des femmes mariées, très lisse, orné de soie rose. « Oui, Monsieur. » Sa taille élancée semblait d'autant plus svelte qu'elle avait soigneusement arrangé son kimono. Le *haori*[1] et le kimono étaient en soie

1. Veste ample qu'on met sur le kimono.

d'Oshima, à petits carreaux sombres. La cordelette du *haori*, nouée assez serré, dissimulait délicatement la rondeur de ses seins... L'encolure dessinait une ligne très pure. La fente des manches, tournée vers l'intérieur comme dans le costume des poupées, laissait à peine entrevoir le rouge vif du sous-kimono. Le col neuf, sans doute en mousseline de laine, à motifs de fleurs sur fond mauve, croisait très haut, ce qui lui donnait ce port fragile et même mélancolique, particulier aux femmes nées dans les neiges.

Elle était déjà occupée avec quelqu'un. « Un instant, je vous prie. Je suis à vous. » Quel âge pouvait-elle avoir ? Une vingtaine d'années. Vingt-deux, vingt-trois ans ? Toute fraîche encore. Probablement la jeune patronne. Elle était en train de faire un paquet.

Comme elle s'affairait à une table, le dos tourné, on devinait tout juste, à travers la soie des manches du *haori*, les mouvements délicats de ses coudes. Avec un tissu à rayures, on aurait pu voir au travers...

Elle se retourna, et quand elle s'avança en direction des clients, les pans de son kimono s'écartaient à chaque pas dans un froissement de soie. Elle s'inclina un peu devant la personne qui s'était approchée : une bonne au visage rond, avec des cheveux frisés aux reflets rougeâtres, à qui elle adressa un sourire affable empreint d'une grande bienveillance.

— Dites, la petite de la parfumerie...

Celle qu'elle appelait ainsi répondit d'une voix frigorifiée, en tirant sur ses manches où elle cherchait à enfouir ses mains, les épaules toutes recroquevillées.

— Oui, Madame.

— Vous voyez, sur le coffre à sucre vide qui est là, il y a un petit récipient de colle dont une cliente s'est servie tout à l'heure... Vous seriez gentille de me le passer.

— Oui, bien sûr.

— Excusez-moi de vous mettre à contribution, mais comme je vous connais bien, ajouta-t-elle dans un sourire.

Elle avait le nez droit dans un visage ovale, le regard pur, ct quand elle souriait, on voyait ses dents blanches, mais aussi un peu du rose de la gencive supérieure, couleur de pêche mûre. Quel dommage ! Mais c'était là le signe de son appartenance au monde des humains. Sinon, elle aurait été d'une beauté trop noble, digne de la placer au rang des dieux.

— Mais c'est tout naturel !

— Vous êtes bien aimable.

Et en désignant l'endroit des yeux, elle fit mine de tendre le bras, en retenant sa manche de l'autre main.

La colle était placée à l'extrémité du coffre en bois blanc, juste derrière le voyageur. Le coffre était vide, en effet. Il y avait eu une accalmie entre deux averses, et un parapluie de papier huilé, qui s'égouttait encore, y était appuyé.

Le voyageur, quant à lui, était toujours debout, en appui sur la canne d'un parapluie d'emprunt. Le magasin était muni d'un étroit comptoir assez élevé, qui courait sur trois côtés, et dans la partie réservée aux clients était posé, à même le sol, un brasero de porcelaine qui arrivait à la hauteur du parapluie. Ce geste qu'elle avait esquissé, elle aurait pu le poursuivre : s'appuyer sur le comptoir, se pencher en avant. Et si elle avait alors tendu le bras, en laissant remonter franchement le kimono, la belle épouse aurait pu saisir le récipient de colle.

Elle s'était adressée à la jeune fille pour ne pas importuner le voyageur. Il s'en aperçut :

— C'est cela que vous voulez ?

Elle balbutia sous l'effet de la surprise, puis se ressaisit aussitôt et dit gracieusement :

— Oui, je vous remercie infiniment.

Elle s'empara alors du récipient de colle, mais comme elle était assise sur le *tatami*, dans sa hâte à rejoindre le fond du magasin, elle se déplaça sur les genoux, la pointe des pieds légèrement soulevée.

Elle scella le paquet, après avoir enduit de colle le doigt qui sert à étendre le rouge à lèvres. Puis, dans un geste très souple, elle essuya son annulaire avec un chiffon. Cette fois-ci, elle plia le pan de la manche, le fixa délicatement dans son obi, laissant apparaître ainsi la doublure couleur de fleur de prunier, et tendit en l'air une main d'albâtre. Au plafond était suspendue une bobine de ruban jaune pâle.

Elle avait beau s'étirer, épaules, hanches et kimono tendus, elle était à deux doigts de l'atteindre, sans pourtant y parvenir. Elle l'avait replacée trop haut la fois précédente. Elle laissa échapper un petit cri.

Son chignon se balançait au gré des mouvements de sa tête. Elle se renversa en arrière. L'agitation de ses doigts en quête d'une prise où s'agripper faisait penser à une nuée immaculée de grues d'*origami*[2], s'envolant des manches de papier crépon rouge, dans l'azur du plafond.

Le voyageur, fasciné, vit alors le ruban se dérouler avec souplesse, retenant captifs les oiseaux de papier.

Au cours de l'opération, le pan de la manche était retombé lourdement. Elle le prit entre ses lèvres pour achever de nouer le paquet, et poussa un petit soupir.

— Voilà qui est fait !

La bonne ramassa le paquet et son parapluie, se rua vers la sortie du magasin et disparut avec ses socquettes de travail bleu foncé.

Le voyageur reprit :

— Voulez-vous me montrer ce que vous avez ?

— Mais bien sûr.

---

2. Papier utilisé pour les pliages.

Des deux boîtes qu'elle venait de sortir, elle lui présenta la plus petite. Comme elle l'avait fait par délicatesse, le voyageur opta pour la plus grande...

L'étagère supérieure de la vitrine offrait un assortiment de castillanes et de pâtisseries occidentales épanouies comme des fleurs multicolores. Les friandises aux noix étaient rangées dans une boîte allongée sur le rayon du bas. La jeune femme reprit sa place sur le *tatami*. Elle était de profil et gardait les yeux baissés ; son col violet se reflétait dans la vitre qu'elle avait ouverte comme la porte d'une serre : à ce moment-là, même la cendre du brasero dont il avait approché ses mains sembla au voyageur diffuser de la chaleur.

Les noix enrobées de sucre blanc tombaient dans la boîte avec un bruit amorti, comme une pluie de pétales de fleurs dont elle guidait la chute de ses doigts gracieux. Il en vit une rieuse, non, capricieuse, ou plutôt non, moqueuse, et hop ! elle lui glissa des mains et alla rouler sur le *tatami*.

Cette noix-là, c'était un étrange coup de dés dans l'existence.

Le voyageur la vit la ramasser avec les doigts, sans se troubler le moins du monde, et s'apprêter à la replacer tranquillement dans la boîte. Il s'écria :

— Oh non, non ! C'est pour un cadeau, quand je serai de retour à Tôkyô.

Le visage de la jeune femme s'empourpra brusquement. Dans sa honte, elle se redressa sur les genoux, puis, du même élan, se leva prestement pour jeter la noix par la porte du magasin.

Encore une fois, la manche laissa apparaître son coude, semblable à une plume blanche caressée par un ange. C'est alors que du fond du magasin, de derrière le paravent, s'échappa une voix mi-humaine, mi-bestiale, qui ressemblait au cri du ménate : « Pas de gaspillage ! Pas de gaspillage ! » ... Crrr, crrr... on entendait râper les sucreries dans l'arrière-boutique.

La malheureuse épouse, décontenancée, essaya précipitamment de replacer la noix dans la boîte, mais de nouveau, elle s'arrêta, interrogeant le voyageur du regard.

Elle tenta d'introduire la friandise dans sa manche, mais hésita encore.

Alors elle joignit les deux mains, paume contre paume, dans un geste de supplication, et appliquant le revers de sa main fine contre sa joue au point de faire pencher sa coiffure, elle se releva et dit au voyageur :

— Que dois-je faire ? De grâce, que dois-je faire ?

— Mangeons-en chacun une moitié, ensemble..., dit le voyageur d'une voix ferme... Ne la partagez pas avec les doigts ! ... Je suis du pays. Je connais les noix glacées. C'est très friable. Elle va se mettre en miettes. Mordez dedans... et la moitié qui reste...

— Oui.

Tandis que, dans ses yeux grands ouverts, sa vie tout entière vacillait — la vanité de son existence passée, l'enfer que lui réservait l'avenir —, sa bouche en bouton s'épanouit joliment. Oh ! même ses gencives étaient belles, tout irriguées par le sang qui affluait à son visage, et le voyageur, les yeux rivés sur la noix, sentit la pointe de sa langue s'enrouler en une boule céleste, toute blanche.

Le singe des montagnes — un gros singe ! — dévora l'autre moitié à même la main de l'épouse, comme des baies égrenées sur la neige, et s'enfuit sans parapluie, en longeant l'auvent obscur où la pluie l'atteignait en rafales obliques.

Il passa devant l'enseigne dorée de la plus ancienne boutique d'apothicaire de la ville : du fond du Parc de Nuages d'Or, ployaient vers la route les branches d'un vieux pin millénaire qui frappèrent sa vue, au point qu'il crut qu'il allait se cogner ; il détourna la tête et vit, comme rougie à blanc, la pelle à sucreries s'agiter en tous sens. L'épouse s'était effondrée sous son mari qui, d'un bras, l'avait terrassée. Le bas du kimono jonchait le sol, les mains gisaient éparses, la peau était dénudée, mais les cheveux restaient lisses.

Le voyageur, l'espace d'un instant, songea à la princesse d'un conte de fées, immolée par un monstre diabolique.

Pourtant, ce corps, avec ses membres, on n'aurait pu le séparer en deux... Ce n'était pas une noix.

En tout cas, cette noix qui venait de passer dans sa gorge comme le foie sucré du sacrifice, lorsqu'elle était au fin fond des forêts, le dieu de la montagne avait dû inoculer en elle un étrange philtre magique.

Sur la cime du pin, se réflétait l'ombre de la montagne... Du moins le croyait-il, alors qu'il s'enfuyait à toutes jambes.

Tel fut le récit du voyageur.

Traduit et présenté par Yûko Brunet et Isabelle Py Balibar.

NAGAI Kafu

Feu d'artifice

(Hanabi)

Feu d'artifice, *écrit en juillet 1919, fut publié en décembre de la même année dans la revue* Kaizô. *Nagai Kafû (1879-1959), à quarante ans, était juste au milieu de son existence. Vingt années avaient passé depuis ses débuts littéraires et quarante années de production littéraire s'offraient encore à lui.*

Ce récit, qui se rattache à différentes réflexions sur son époque (à distinguer de son œuvre proprement romanesque), ne doit pas nous tromper avec ses anecdotes et ses réflexions historiques qui l'apparentent au genre de la chronique : c'est un texte fictif, traversé d'intentions littéraires.

Dans son Journal, *à la date du 1er juillet 1919, Kafû écrit : « Aujourd'hui, paraît-il, c'est un jour férié, on commémore la signature du traité de paix avec l'Allemagne. Usines, banques fermées. Des drapeaux, à chaque maison, dans les rues. On entend les feux d'artifice du quartier de Hibiya. Tout le monde est sans doute parti s'amuser. Dans mon quartier, contrairement à l'habitude, le calme règne. Je n'entends que le bruit des stores remués par un vent frais. Je passe ma journée à préparer la colle et à tapisser les murs du placard, réfléchissant au projet d'un essai que j'intitulerai peut-être "Soir de fête". Pour commencer : le souvenir de la promulgation de la Constitution vers 1890 ; puis, plus proche, la fête célébrant le rattachement de la Corée au Japon ; puis l'animation du soir de l'intronisation etc. Si j'écris en suivant mes souvenirs, je pourrai faire apparaître, sans le dire, le contraste entre cet individu oisif, moi, et mon époque. »*

Le « contraste », celui du narrateur, assis par terre, recroquevillé dans un placard japonais qu'il tapisse de vieux manuscrits — réduit sombre où l'on range la literie — avec les feux d'artifices qui s'élancent dans la lumière de l'été ; celui du calme d'un malade heureux parmi les pruniers et les mandariniers avec le tumulte populaire qu'il ignore ; celui de la leçon de shamisen *dans la maison de sa maîtresse, fréquentée par les rossignols et les mésanges, avec la violence de l'incendie au siège du* Journal de la Nation. — *Comme il l'écrit lui-même : « Entre le monde et moi, il n'y a plus la moindre communication. »*

Mais cet oisif, découvrant les « ouvriers vêtus à l'européenne », voit son souvenir lointain se superposer au présent, en un unique point de rencontre entre lui-même et le monde réel : convergence fugitive qui n'effleure que d'un léger doute sa nostalgique existence.

Nous goûtons dans ce récit l'esprit et le métier de Nagai Kafû qui avait déjà, quelques années auparavant, publié ses œuvres de maturité : Udekurabe (Rivalité) *et* Okamesasa (Bambou nain).

De cet auteur, voir également La Sumida (Gallimard, 1975) *et* Interminablement la pluie... (Maisonneuve et Larose, 1985).

J'allais prendre mes baguettes pour déjeuner quand quelque part se fit entendre le *bang* d'un feu d'artifice. C'était une de ces journées couvertes, quand la saison des pluies approche enfin de son terme. Un vent frais agitait sans trêve le store de ma fenêtre. Je jetai un coup d'œil : à chaque auvent des maisons alignées dans l'étroite ruelle, on avait sorti le drapeau national. Le seul endroit sans drapeau, c'était la grille de ma maison. Je me rappelai seulement alors que précisément la ville de Tôkyô célébrait aujourd'hui la paix qui mettait fin à la guerre européenne [1].

Une fois mon repas terminé, et dans l'intention d'achever le tapissage des parois de placards que j'avais entrepris la veille, je relevai ma manche droite en la nouant de biais à l'aide d'une serviette et je pris ma brosse.

---

1. Le Traité de Versailles, signé le 28 juin 1919.

Ç'avait été tout à la fin de l'année dernière, le jour où la neige s'était mise à tomber en flocons épars ; depuis ce jour-là, où j'avais déménagé dans cette ruelle écartée, je me préoccupais assez de l'état des parois de placard dont la terre s'effritait, mais six mois déjà avait passé, insensiblement, sans que j'y fisse rien.

Certaine année, lorsque dans ma maison vivait ma mère encore vigoureuse, et que s'y trouvait aussi ma femme, il m'est arrivé, tout en m'exposant aux doux rayons de soleil du petit printemps de novembre, de renforcer d'une doublure la couverture des livres de ma bibliothèque. Depuis lors je me suis mis peu à peu, lorsque le désœuvrement me gagnait, à faire des travaux de collage. Avec l'âge apparaissent progressivement d'étranges manies.

J'étais là avec des bouts de papier sur lesquels je m'exerçais ordinairement à la calligraphie, des morceaux de manuscrits abandonnés je ne sais quand, de vieilles lettres d'amis, etc. et, non sans les relire feuille après feuille avec une vive curiosité, j'avançais le tapissage de mes parois de placard. Des fusées s'élevaient continûment.

Cependant dans la ruelle il règne un calme presque insolite. Alors qu'au moindre événement dans la grand-rue aussitôt le bruit des portes à claire-voie qui s'ouvrent de tous côtés se double de celui d'une course de *geta*, aujourd'hui par exception l'on n'entend ni les voix bruyantes des enfants ni les bavardages des commères du voisinage. L'écho de la lime du doreur à l'extrémité de la ruelle s'est tu également. Certainement, tous sont sortis, du côté de Hibiya ou d'Ueno j'imagine. Le bruit du feu d'artifice m'a fait tendre l'oreille, et je perçois aussi faiblement des voix de gens qui crient. En lisant les manuscrits collés sur les parois j'ai ressenti soudain combien ma propre existence est éloignée du monde. Bien qu'il s'agisse de moi, la chose me paraît drôle ; j'en éprouve aussi comme de la tristesse, de la solitude. La raison n'en est point que j'ai cherché particulièrement, de propos ferme et délibéré, à m'écarter du monde ; non, c'est insensiblement, sans que j'y prenne garde, que j'ai fini par devenir le solitaire que voici. Entre le monde et moi, il n'y a plus maintenant la moindre relation directe.

Le vent frais agite sans trêve le store sale de ma fenêtre. Le ciel couvert semble à travers le store encore plus blafard, comme dans un rêve. L'écho du feu d'artifice s'est animé peu à peu. Et je songe... Ecoles et fabriques sont en congé, à tous les carrefours se dressent des arcs de verdure décorés de branches de cryptomères, aux boutiques de la grand-rue on a tendu de larges rideaux rouges et blancs et accroché des drapeaux et des lanternes, à la première page des journaux paraissent des panégyriques rédigés dans un style sinisant de lecture difficile, un flux de gens s'achemine vers Hibiya et Ueno. Si cela se trouve, les geishas font un défilé. Le soir venu, il y a une retraite aux lanternes. Et puis des enfants et des vieilles femmes se font piétiner... Voilà le genre d'images d'un jour de fête que mon esprit m'a représenté. C'est là un de ces nouveaux phénomènes que l'âge nouveau de Meiji, prenant modèle de l'Occident, a entrepris de produire. Par rapport aux célébrations de dieux locaux ou aux expositions d'images bouddhiques dans les pagodes, que le peuple de Tôkyô a hérité innocemment de l'époque d'Edo, ces manifestations diffèrent totalement tant par l'esprit que par la forme. Aux fêtes de divinités tutélaires, les jeunes gens du quartier s'enivrent de saké à pleine panse, et les apprentis et commis peuvent faire festin de riz rouge ; dans les festivités du nouveau type se dissimulent souvent des arrière-pensées politiques.

Alors j'évoquai distraitement les nouveaux jours de fête dont, depuis mon enfance, le souvenir m'était resté.

En février de Meiji 23 (1890), il y eut la fête pour célébrer la promulgation de la Constitution. C'est, je ne crois pas me tromper, la première des fêtes à caractère public que je me rappelle. Si j'essaie de faire le compte, c'était au printemps de mes douze ans et j'habitais alors dans la maison de Koishikawa. Bien qu'à cause du froid, je n'eusse pas quitté la maison, je sais pourtant que la coutume des processions de lanternes a pris naissance ce jour-là. C'est aussi en cette circonstance, si je ne me trompe, que pour la première fois le peuple a appris à acclamer l'Etat au cri de *« banzaï ! »* — oui, je crois bien m'en souvenir. En effet mon propre père, qui travaillait à l'époque à l'Université Impériale, était sorti ce soir-là avec des sandales de paille aux pieds, un cordon rouge croisé sur les épaules de son veston, une lanterne rouge à la main, et il était rentré tard dans la nuit ; il avait alors raconté qu'à la tête d'une troupe nombreuse d'étudiants il avait tourné dans les rues jusqu'au Pont Double et qu'ils avaient lancé là un triple *« banzaï ! »* ; il avait parlé de pays lointains, expliquant que ce mot de *banzaï* imitait je ne sais plus quel terme anglais et que c'était en Occident une habitude, chez les savants et les étudiants, de faire des défilés en diverses occasions. Tout cela pourtant avait pour moi un petit air de drôlerie, et je n'en compris pas très bien la signification.

A vrai dire, au matin de cette journée, depuis la véranda de notre maison de Koishikawa perchée sur la bordure du coteau, et par-delà la palissade, j'avais vu toutes sortes de bannières et d'oriflammes circuler dans la rue ; et, à en juger par les caractères inscrits sur les bannières et oriflammes, entre les pèlerinages que j'avais coutume de voir, tel celui du mont Fuji ou celui d'Ôyama, et le défilé d'aujourd'hui, il y avait une complète différence de nature ; cela, au moins, j'avais su le comprendre, dirait-on.

Dans la ville d'Ôtsu, le prince héritier de Russie fut sabré par un policier. Il semble qu'effectivement le bruit de cette affaire agita le pays tout entier et fit frémir d'effroi la ville et la campagne : tout enfant que je fusse, je me souviens d'avoir ressenti une terreur indéfinissable. Des rumeurs coururent alors, selon lesquelles Katô Kiyomasa aurait été encore vivant en Corée, ou bien que Saigô Takamori se serait caché en Hokkaidô et viendrait sauver le Japon[2]. Et pareils dires sans fondement avaient je ne sais quoi de vaguement redoutable et agitèrent également nos cœurs d'enfants. A évoquer ces faits maintenant, j'ai le vague sentiment que dans le Tôkyô de cette période, tout comme à l'époque d'Edo lorsque coururent les rumeurs sur les bateaux noirs, il régnait une atmosphère assourdie et grisâtre, et que, hormis le son calme des sandales à neige des passants et les aboiements solitaires des chiens, on n'y entendait rien que le bruit du vent d'ouest agitant les arbres.

Fêtes et troubles publics se ressemblent singulièrement par le tumulte qu'ils font dans le peuple.

L'été de ma seizième année, je fréquentais le bassin de nage sur la rive de la Sumida. Un soir que j'étais dans l'eau, je vis un vendeur de journaux qui courait dans la rue le long du rivage en annonçant à la criée un numéro spécial. C'était le commencement de la guerre sino-japonaise. L'année suivante, j'étais en cure à Odawara, dans la clinique Ônishi, lorsque fut conclu le traité de Shimonoseki[3]; mais, à l'intérieur d'une clinique écartée de la capitale, même les cris de cette fameuse fureur

2. Katô Kiyomasa (1562-1611) : célèbre général de Hideyoshi, chef militaire des deux expéditions japonaises en Corée (1592 et 1597). Saigô Takamori (1827-1877) : après avoir joué un rôle important dans la Restauration de Meiji dont il fut l'un des principaux partisans, il se tourna plus tard contre le nouveau régime et dirigea de son fief de Satsuma, au sud de Kyûshû, une rébellion que le gouvernement finit par vaincre en 1877. Loin d'être considéré comme un traître, Saigô est toujours resté une figure très populaire de grand héros romantique.

L'« incident d'Ôtsu » eut lieu en mai 1891.

3. Signé en avril 1895, ce traité mit fin à la guerre sino-japonaise (1894-1895). Entre autres réparations, la Chine cédait au Japon la péninsule de Liao-Dong (Liao Tung), mais la France, l'Allemagne et la Russie forcèrent le Japon à y renoncer, ce qui entraîna de nombreuses manifestations de mécontentement dans le pays.

suscitée par la rétrocession du Liao-Tung ne propagèrent nul écho. Pour ma part, j'entendis seulement, certain matin, l'assistant de la pharmacie lire à haute voix l'éditorial d'un journal, et ce fut tout. Le maison Hakubunkan avait entamé vers cette époque la publication de la *Bibliothèque de l'Empire*, et, en commençant par le *Taikô-ki*[4] du premier tome, j'en lisais successivement les volumes avec une ardeur passionnée. Cette vieille gare d'Odawara où l'été les pruniers mûrissent et où les mandarines se colorent en hiver ne m'a rien laissé d'autre que le souvenir le plus paisible et le plus heureux de mon existence.

En Meiji 31 (1898), le fête du trentième anniversaire du changement de capitale fut célébrée à Ueno. Comme je me souviens que les cerisiers étaient en fleurs, c'était certainement au début d'avril. On raconta que dans la grande avenue, à l'extérieur des barrières officielles, nombre de gens moururent piétinés.

En Meiji 37 (1904), j'appris l'ouverture des hostilités russo-japonaises alors que j'étais à Tacoma, en Amérique. Lorsque j'eus en main le numéro spécial, je ressentis bien entendu une impression très vive ; mais c'était là une impression extrêmement heureuse. Je doutais fort que l'ennemi extérieur vienne comme au temps de Koubilaï Khan pour ravager les champs de notre sol natal et pour tailler nos frères en pièces. Même dans le cas très improbable d'un grand désastre, j'avais le sentiment que ni l'esprit de la civilisation moderne, ni le jeu des relations internationales ne permettraient qu'un pays isolé soit réduit à un état aussi misérable. Je me figurais en effet que dans la foi chrétienne et dans l'esprit des lois héritées de Rome il résidait

4. *Les Chroniques du connétable*, c'est-à-dire de Toyotomi Hideyoshi (1536-1598).

une force suffisante pour qu'on pût faire fond sur elle. Et quand bien même ce serait la guerre, me disais-je, l'homme n'en est pas moins homme, et il n'était pas possible qu'on osât commettre un crime tel que l'Allemagne en a bel et bien perpétré cette fois-ci envers la Belgique. Somme toute, à la vue du numéro spécial, je fus certes impressionné, mais je ne sentis pas mon cœur oppressé au point de m'affliger incontinent sur le sort de mes parents. A plus forte raison quand toutes les nouvelles sans exception annonçaient des succès. Je dus à la prospérité qui suivit la victoire de m'attarder paisiblement sous des cieux étrangers ; aussi terminai-je l'année 38 dans une ignorance complète des événements et en particulier du détail de ceux du milieu de l'été, lorsque la population de Tôkyô brûla commissariats et églises chrétiennes et que de son côté la police tailla du sabre dans cette population[5].

En Meiji 44 (1911), époque où je travaillais à l'Université Keiô, je vis de temps en temps, alors que je m'y rendais, une file de cinq ou six fourgons cellulaires tirés par des chevaux qui roulaient en direction du tribunal de Hibiya. De tous les événements publics dont j'avais eu jusque-là connaissance, aucun ne m'avait inspiré répugnance aussi indicible. Moi, en tant qu'homme de lettres, comment rester silencieux à propos de cette question d'ordre idéologique[6] ! Pour avoir crié justice lors

5. En septembre 1905, l'annonce de la signature du Traité de Portsmouth, qui mettait fin à la guerre russo-japonaise (1904-1905), provoqua de violentes manifestations de protestation au Japon car ce pays, malgré sa victoire militaire, ne recevait qu'une faible partie des réparations demandées.

6. Allusion au célèbre Taigyaku-jiken (l'affaire de la Grande Trahison), au cours duquel le gouvernement arrêta de nombreux militants socialistes et, en janvier 1911, après un jugement secret, en fit exécuter douze, dont le principal théoricien de l'anarchisme japonais, Kôtoku Shûsui, sous l'inculpation de complot contre la vie de l'empereur.

de l'affaire Dreyfus, le romancier Zola ne s'était-il pas réfugié hors de sa patrie ? Pourtant ni moi ni les autres hommes de lettres de l'époque n'avons rien dit. J'eus confusément l'impression de ne pouvoir supporter les tourments de ma conscience. Et je ressentis une honte extrême de ma condition d'homme de lettres. Dorénavant, pensai-je, il ne me restait pas d'autre voie sinon que d'abaisser la qualité de mon art au niveau de celui des divertisseurs d'Edo. A partir de cette époque, je commençai à accrocher une tabatière à ma ceinture, à collectionner les estampes et à jouer du *shamisen*. Pour les auteurs de divertissements ou pour les maîtres de l'*ukiyo-e* de la fin de l'âge d'Edo, peu importait que les bateaux noirs arrivent devant Uraga ou qu'un Grand Conseiller soit assassiné à la Porte Sakurada : de semblables faits, la plèbe n'avait pas à connaître — bien mieux, on n'en devait faire mention qu'avec la crainte respectueuse qui s'imposait ; ayant ainsi composé leur attitude, ils écrivaient ou peignaient des œuvres érotiques, et les dispositions intimes qui les animaient en ces instants, loin de me scandaliser, m'apparurent soudain mériter bien plutôt mon respect.

C'est ainsi que, certain jour de l'an 2 de Taishô (1913), je prenais une leçon de *shamisen* chez une femme dont la maison était située dans une ruelle proche de la rive du fossé Yamashiro. Bien qu'il s'agît d'une ruelle, il y avait là une petite porte en guichet, un jardinet et, près d'une vasque en pierre, un vieux camélia inattendu ici, que visitaient mésanges et rossignols. Dans le fond des ruelles encombrées de constructions qu'on voit par toute la ville, il arrive de rencontrer en des lieux imprévus de paisibles retraites et des oratoires d'Inari, ignorés des hommes. Ce jour-là, soudain un grand tapage envahit la ruelle. Après un bruit de course rapide sur les planches du caniveau, on entendit aussi le cliquetis que font les sabres au ceinturon des policiers. Etait-ce pour cela ? L'espace d'un instant, on n'entendit plus même l'écho des machines à imprimer du *Journal du Centre*, comme s'il s'était effacé. J'ouvris le portillon et m'essayai à sortir furtivement la tête. Quatre ou cinq hommes à l'allure de garçons laitiers, avec de simples *tabi* aux pieds, un maillot de corps sur le dos et une serviette tordue nouée autour du crâne, avaient enfilé la ruelle et débouchaient en direction de la rive du fossé. Après leur passage, je vis un livreur de repas à domicile qui, près de la porte de service de la maison d'en face, rapportait la nouvelle qu'on avait mis le feu au *Journal de la Nation*[7]. Je me hissai sur la pointe des pieds pour mieux voir. Mais comme je n'apercevais pas la moindre fumée, je rentrai dans la maison où, étendu à même le sol, je me laissai glisser dans la sieste. C'était à cause de la boîte à braises qui répandait exactement le degré de chaleur adéquat. Quand j'eus fini de dîner, il était plus de huit heures du soir ; je voulais rentrer chez moi avant qu'il ne fasse trop froid, mais, comme j'arrivais au pont Sukiya, je vis le commissariat de police qui brûlait. Il n'y avait pas de tramway. La grande rue de Ginza, pleine de badauds, était plus animée encore qu'à l'époque du Marché de l'An. A tous les carrefours, les postes de police étaient la proie des flammes. Au beau milieu de la rue, il y avait des bidons d'essence qu'on avait lancés là.

A Hibiya, j'eus mon chemin coupé par une haie noire de policiers qui barrait la rue. Des émeutiers, disait-on, venaient juste de lancer des pierres contre la préfecture de police. J'obliquai en direction du quartier de Sakurada-Hongô. Je me rappelais en effet que, lors des troubles de Meiji 38, un grand nombre de gens avaient été sabrés par les policiers. Une fois dépassé

7. Il s'agit des violentes manifestations populaires de février 1913 qui protestaient contre la constitution, au mépris des règles du jeu parlementaire, du troisième cabinet de Katsura qui dut d'ailleurs finir par démissionner. Le *Journal de la Nation (Kokumin-shinbun)* était considéré comme un porte-parole du gouvernement.

Toranomon, je trouvai enfin un pousse dans lequel je montai. Au sortir de Kasumigaseki, complètement obscur, je voulus prendre par le quartier de Nagata, mais là aussi la circulation était interdite par des détachements de militaires qui gardaient les résidences des différents ministres. Je rebroussai chemin vers la côte Miyake, je tournai par le boulevard Kôjimachi et, lorsque j'atteignis ma maison, à l'autre bout d'Ushigome, il était déjà minuit passé.

Après cela, tout rentra dans le calme.

On arriva en Taishô 4 (1915), et je me souviens que c'était déjà à peu près la mi-novembre. Les journaux de la capitale annonçaient qu'au jour de la fête organisée pour célébrer l'intronisation de l'empereur, toutes les geishas de Tôkyô, déguisées à leur fantaisie, iraient en cortège jusqu'au Pont Double où elles crieraient en chœur : *« Banzaï ! »* Les défilés qui, à chacune de ces fêtes nationales et sociales, conduisent sans faute jusqu'au Pont Double les enfants des écoles primaires, ont commencé, si je ne m'abuse, après mon entrée au collège. Il en est de même de l'obligation que les préfectures d'arrondissement ont faite, même aux échoppes de ruelles, d'avoir à accrocher le drapeau national : elle ne doit pas remonter à plus de vingt ans en arrière. Le dernier succès de cette pédagogie des bureaucrates était donc de faire trotter les dames dont l'état est de vendre leurs charmes sous les apprêts de la poudre et du carmin, et de les faire défiler en plein jour dans les grand-rues. Devant les tendances actuelles, on ne sait vraiment que dire, sinon qu'elles sont étranges. Le jour venu, le cortège des geishas fut bousculé par les badauds venus en foule pour le spectacle et, sans que policiers et membres du service d'ordre y pussent rien, tout s'acheva dans une confusion épouvantable. Le soir même, j'entendis divers récits de la bouche de gens qui avaient assisté à la scène. Au début, la foule des curieux se tenait tranquillement de part et d'autre de la voie et attendait la venue du cortège, mais la masse toujours plus nombreuse de nouveaux arrivants poussait peu à peu les autres vers l'avant ; lorsque le cortège avança, la pression se fit telle que la masse jaillit d'un seul coup de part et d'autre de la rue et enfonça les rangs des geishas. Dans la confusion invraisemblable du cortège et des spectateurs mêlés, la vertueuse indignation d'un peuple envieux du luxe habituel aux geishas se combina à des instincts plus barbares et plus bas et il s'exerça là, en plein jour, en pleine foule, sans retenue aucune, de monstrueuses et infâmes violences. Comme les geishas, poussant des cris de terreur, se sauvaient de justesse en s'engouffrant dans le Théâtre Impérial ou dans les bâtiments des compagnies voisines, la foule, telle une meute de loups, se jeta à leur poursuite, brisant les portes des immeubles et lançant des cailloux dans les vitres. Ce jour-là, dit-on, plusieurs geishas auraient disparu ; d'autres se seraient évanouies ou seraient devenues folles à la suite des outrages subis. Toutefois leurs guildes gardèrent sur ces faits le secret le plus total, et l'on a raconté qu'elles levèrent discrètement parmi leurs membres des cotisations pour aider les victimes.

Dans les fêtes d'autrefois il y avait des querelles de joueurs, dans celles d'aujourd'hui on piétine les femmes.

Ce qui suit se passa en l'an 7 de Taishô (1918), à la mi-août, quatre ou cinq jours après le *Risshû*[8]. C'est, de toute l'année, le moment où la chaleur est la plus forte. J'avais terminé la composition de la revue *Kagetsu* que j'éditais alors avec mon ami Inoue Aa et, tout en le raccompagnant, j'allai prendre le frais jusqu'à la côte Kagura. Quand je descendis du tramway à Sakana-machi, la grand-rue était bien, comme toujours, animée par l'affluence des gens qui y prenaient eux aussi le frais, mais les marchands des échoppes en plein air semblaient en proie à je ne

8. C'est-à-dire le 7 ou le 8 août, date correspondant dans l'ancien calendrier au premier jour de l'automne.

sais quelle agitation, et pliaient déjà les boutiques qu'ils venaient à peine d'installer. Pourtant nulle averse ne semblait menacer. Mais, à bien regarder, il se faisait un va-et-vient incessant de policiers. Je tournai pour voir dans une rue transversale : les maisons de geishas qui y alignaient leurs auvents avaient toutes sans exception fermé leur porte, éteint leurs lumières, et il y régnait un silence étouffé. Revenu dans la grand-rue, je fis une pause dans une brasserie : là, j'entendis un jeune homme à l'allure d'étudiant raconter qu'on avait brisé des boutiques à Ginza et des maisons de geishas à Shimbashi.

C'est ainsi que j'eus connaissance des émeutes dues à la hausse des prix du riz[9]. Le lendemain, les articles de journaux qui y faisaient allusion étaient censurés. Plus tard, j'appris par des conversations que les émeutes commençaient toujours le soir après la fraîche. A cette époque, il y avait tous les soirs un beau clair de lune. Lorsque je sus que les émeutiers attendaient la fraîcheur et le clair de lune pour aller menacer les maisons des riches, je ne pus m'empêcher de penser qu'il y avait là une sorte de luxe de l'esprit. Les émeutes se poursuivirent pendant cinq ou six jours, puis le calme revint. Justement la pluie s'était mise à tomber. Je n'avais pas encore abandonné ma vieille maison d'Ushigome ; comme avec cette pluie — la première depuis longtemps — le jardin s'était empli d'un coup du chant des insectes et que la voix du vent soufflait dans les arbustes, je reconnus que l'année s'était vraiment enfoncée dans l'automne.

Bientôt vint la fin novembre : je n'avais plus ma maison, et j'étais sorti sans destination précise à la recherche d'un domicile à louer où je pourrais désormais abriter mon corps malade. En passant le long du parc de Hibiya, je vis un groupe d'ouvriers en

---

9. Ces « émeutes du riz » *(kome-sôdô)*, provoquées par l'insupportable hausse des prix du riz, avaient commencé au début d'août dans une ville de province et s'étaient ensuite rapidement étendues aux grandes zones métropolitaines et à l'ensemble du pays.

bleu de travail, précédés du drapeau de leur syndicat, qui défilaient en bon ordre. Ce jour-là, en effet, on fêtait l'armistice de la guerre européenne. Pour moi qui depuis ma maladie n'avais pas eu de contact avec le monde, quand ce même jour je vis soudain dans les rues de Tôkyô ce spectacle auquel j'avais été jadis habitué en France, d'ouvriers défilant dans leurs vêtements de travail, je découvris combien la société avait changé. J'eus l'impression que mes yeux s'ouvraient.

A propos de l'histoire des émeutes du riz, je n'avais pu me défendre du soupçon qu'elles avaient été déclenchées à la suite d'une de ces manœuvres dont les partis politiques sont coutumiers, mais je sentis dans la vision de ces ouvriers vêtus à l'européenne, dont la troupe défilait calmement, que s'y exprimaient la force irrépressible des temps et la pitié de l'existence. Il y a de cela une dizaine d'années déjà, quand je revis après une longue absence le ciel et le sol natals, j'avais sans le chercher réfléchi à divers problèmes ; et maintenant de nouveau voici que, sans que je le cherchasse, ils me revenaient à l'esprit. Ces phénomènes réels devant mes yeux signifieraient-ils que le temps était venu de m'éveiller de ce rêve d'une poursuite nostalgique d'Edo, où je m'étais plongé éperduement ces dernières années ? Si d'aventure il devait en être ainsi, il me faudrait personnellement déplorer cette infortune.

Les fusées du feu d'artifice s'élèvent sans cesse. J'ai déposé ma brosse et, tout en aspirant une bouffée de tabac, j'ai regardé au-dehors. C'est un jour d'été couvert, pourtant il fait clair comme en plein midi. De temps aussi propice à méditer sur les choses qu'une calme après-midi d'éclaircie à la fin de la saison des pluies et qu'une soirée légèrement nuageuse de la fin d'automne, il n'en est pas sans doute...

Traduction de Pierre Faure.
Présentation de Yûko Brunet.

EDOGAWA Rampo

L'enfer des miroirs

(Kagami Jigoku)

C'est en 1894 qu'Edogawa Rampo, de son vrai nom Hirai Tarô, naît à Nabari, une ville de province proche d'Ise. Son éducation dans un milieu petit-bourgeois ne le prédestine pas à une carrière littéraire, et lorsqu'il sort diplômé de l'Université de Waseda à Tôkyô, il doit, pour survivre, expérimenter mille métiers divers avant de se tourner finalement vers la littérature.

La fascination qu'exercent sur lui les romans policiers et fantastiques traduits ou adaptés d'œuvres occidentales (Poe, Conan Doyle...) va en effet l'amener à innover dans l'histoire littéraire japonaise, avec des nouvelles originales construites autour d'énigmes fantastiques et morbides : c'est la naissance du roman policier à la manière japonaise.

A partir de 1922, Edogawa Rampo — pseudonyme calqué sur le nom de son « maître » Edgar Allan Poe — publie nombre de ses plus célèbres nouvelles, L'Enfer des Miroirs, *1926, dans la revue* Taishû Bungei (Littérature Populaire), *ou* Akumu (Cauchemar), *réintitulée par la suite* Imomushi (La chenille jaune), *1929 ; puis, à partir des années 1930, où magazines et journaux connaissent un essor spectaculaire, des romans-feuilletons tels qu'*Issumbôshi *(*Le nain, *1926-1927) ou* Kurotokage *(*Le Lézard noir, *1934), connu en France par son adaptation à l'écran. Grâce à son détective légendaire, Akechi Kogorô, Edogawa Rampo va également conquérir une place de choix parmi les auteurs de littérature enfantine, tandis qu'après la Seconde Guerre mondiale, il se consacre plutôt à des activités de critique littéraire, et par là contribue très largement au succès immense que connaîtra dorénavant la littérature policière au Japon.*

En 1954, il fonde le prix Edogawa Rampo, attribué chaque année à une œuvre policière, et c'est en véritable « bienfaiteur du genre » qu'il s'éteint en 1965 ; l'actuel succès du roman policier sur la scène littéraire japonaise — les nombreux best-sellers de ces vingt dernières années en sont la preuve — doit beaucoup à l'action et à l'œuvre d'Edogawa Rampo.

L'Enfer des Miroirs *a été également traduit en anglais dans : Edogawa Rampo,* Japanese Tales of mystery and imagination, *trad. par J.B. Harris (Tuttle, 1956).*

« Une histoire extraordinaire, dites-vous... Et bien, pourquoi pas celle-ci ? »

C'est ainsi que, alors que nous nous étions réunis à cinq ou six pour nous raconter des histoires effrayantes ou étranges, mon ami K., prenant en dernier la parole, commença son récit. Celui-ci était-il véridique, ou un pur fruit de son imagination, je ne sais, car je n'ai pas eu par la suite l'occasion de le lui demander, mais sans doute parce que nous avions déjà entendu de nombreuses histoires quand il nous conta la sienne, ou peut-être à cause du temps particulièrement lourd et nuageux de ce jour-là, un temps de fin de printemps, où l'atmosphère, semblable aux profondeurs marines, stagne lourdement, en sorte que nous étions tous, conteurs et auditeurs, pris par on ne sait quelle folie, ce récit m'émut d'une étrange façon. Voici donc ce qu'il nous raconta :

Un de mes amis a connu un destin bien malheureux. Je lui conserverai, si vous voulez, l'anonymat. Il était atteint, sans que l'on sache depuis quand, d'une des maladies les plus étranges qui soient au monde. Peut-être un de ses ancêtres avait-il souffert de cette même maladie, et celle-ci lui avait-elle été transmise héréditairement. Je ne dis pas cela par pure fantaisie, car un membre de sa famille, son grand-père ou son arrière-grand-père, avait été un fervent adepte du christianisme, et il y avait chez lui une malle dans laquelle étaient rangés en grand nombre d'anciens manuscrits en langues étrangères, des portraits de la Vierge Marie, ou des images du Christ Crucifié — mais aussi des télescopes vieux de plus d'un siècle tout droit sortis du *Igagoe Dôchû Sugoroku* [1], ou encore des aimants aux formes bizarres, de beaux ustensiles de verre qu'on appelait je crois à l'époque des « diamants » ou des « vidros » ; or dans sa plus tendre enfance, mon ami jouait souvent avec ces objets qu'à sa demande on sortait de cette malle.

A la réflexion, il semble qu'il ait eu dès cet âge ce goût étrange pour les objets réfléchissants, verres, lentilles et miroirs... J'en veux pour preuve qu'on ne trouvait parmi ses jouets que lanternes magiques, jumelles, loupes, ou bien encore, dans le même genre, des lunettes de Masakado, des kaléidoscopes, des jouets à prismes allongeant ou aplatissant les personnes et les objets qu'ils captent.

Un autre souvenir me vient encore à l'esprit ; alors qu'il entrait dans l'adolescence et qu'un jour je lui rendais visite dans sa chambre, il y avait, posée sur sa table, une vieille boîte en paulownia, d'où provenait sans doute l'ancien miroir de métal que mon ami tenait à la main : il était en train de capter les rayons du soleil et d'en projeter les reflets sur le mur plongé dans l'ombre.

1. Pièce célèbre écrite à la fin du XVIIIe siècle pour le théâtre de poupées (bunraku).

« Regarde bien comme c'est drôle, quand je projette là-bas le reflet de ce miroir pourtant parfaitement lisse, c'est curieux, on voit apparaître un caractère… »

Observant le mur comme il m'y invitait, je fus stupéfait d'y découvrir un idéogramme, celui de la longévité bienheureuse, légèrement déformé et inscrit à l'intérieur d'un cercle blanc, dans une lumière forte et blanche comme du platine.

« Bizarre…, mais comment ça se fait ? »

Ma première réaction fut vive, car j'avais l'impression d'assister à un miracle, et l'enfant que j'étais trouvait cela aussi extraordinaire que terrifiant.

« Tu ne devineras jamais… Mais je vais te donner le truc, et tu verras que c'est vraiment simple. Tiens, regarde ici, le dos de ce miroir, le caractère y est inscrit en relief, non ? Eh bien c'est ce qui transparaît de l'autre côté. »

Il disait vrai sans aucun doute, car l'envers, qui avait la teinte du bronze, était superbement sculpté. Mais comment cela pouvait-il transparaître de l'autre côté du miroir et produire un tel reflet ? D'où qu'on l'observât, le miroir n'offrait qu'une surface plane et lisse, mon visage s'y réfléchissait sans aucune déformation, et pourtant, dès qu'il était projeté sur le mur, le reflet du miroir produisait cette forme étrange. On avait vraiment l'impression d'assister à un tour de magie.

« Il n'y a absolument rien de magique là-dedans, tu sais. »

Devant mon air soupçonneux, il se décida à me donner des explications.

« Mon père m'a dit un jour qu'à la différence des miroirs en verre, les miroirs métalliques ont tendance à se ternir et à ne plus rien refléter si on ne les polit pas de temps à autre. Ce miroir-ci, par exemple, se transmet depuis fort longtemps dans notre famille, et a été poli très souvent. Or à chaque fois le métal s'use, mais de façon imperceptiblement inégale, selon qu'au dos du miroir certaines parties sont en relief ou plus fines. C'est dû bien sûr à une plus grande résistance des parties épaisses au polissage. Ce seraient donc ces différences imperceptibles dans l'usure du métal qui, au moment de la réflexion, provoquent cette surprenante apparition. Tu as bien compris ? »

Ses explications m'avaient suffisamment éclairé ; il reste que ce phénomène énigmatique — à savoir qu'une surface plane n'offrant en apparence aucune aspérité, ne révèle pas moins toutes ses inégalités quand on projette son reflet — m'avait fait frissonner, avec un sentiment d'étrangeté comparable à celui que suscite la vision de l'infiniment petit, lorsque, par exemple, on regarde quelque chose au microscope.

L'histoire de ce miroir était trop extraordinaire pour que je ne m'en souvienne pas, mais il ne s'agissait là en fait que d'une anecdote parmi d'autres, car la plupart des jeux d'enfant de mon ami relevaient de ce même genre. Et chose singulière, moi-même j'en ai reçu quelque influence et, aujourd'hui encore, j'éprouve un intérêt peu ordinaire pour les lentilles.

La situation ne fut pas trop préoccupante, aussi longtemps qu'il fut un simple écolier ; c'est seulement lorsqu'il entra dans les classes supérieures du secondaire et qu'il commença à suivre des cours de physique — où l'on apprend, comme vous savez, les théories relatives aux lentilles et aux miroirs — qu'il se prit d'une passion véritable pour l'étude de ces théories et se mua, si l'on peut dire, en un fanatique des lentilles, au point que c'en devint tout simplement maladif. Le souvenir de ces années me rappelle d'ailleurs ce jour où, lors d'un cours sur le miroir concave, un petit spécimen circula parmi nous ; chacun s'essayait à y refléter son visage. Or je souffrais à l'époque d'une acné épouvantable, qui m'humiliait horriblement, car j'imaginais qu'elle était due à un problème d'ordre sexuel ; me penchant innocemment sur ce miroir, je pus à peine réprimer un cri de surprise quand je vis, sur mon visage, chacun de mes boutons d'acné effroyablement grossi, comme si j'étais en train d'observer la surface lunaire au téléscope.

Les extrémités de ces boutons, semblables à des collines, avaient éclaté comme des grenades et laissaient suinter en quantité effrayante un sang noirâtre et visqueux, tout à fait dans le style de ces affiches de théâtre annonçant des scènes de meurtre. Sans doute était-ce en partie à cause du complexe que me donnait mon acné, mais pour vous dire combien mon visage réfléchi dans ce miroir m'avait paru terrifiant et sinistre, il faut savoir que depuis lors, à la vue de ces miroirs concaves, comme il s'en aligne souvent dans les foires ou les baraques d'attraction, je tremble de peur et prends la fuite.

Pour en revenir à mon ami, quand il eut ce jour-là le miroir entre les mains, il poussa lui aussi un cri, tout à l'inverse du mien, car loin d'être effrayé, il semblait sous le coup d'une extrême fascination, bref il poussa un cri d'émerveillement qui résonna à travers toute la classe. Ses exclamations parurent d'ailleurs si fantasques qu'elles suscitèrent de grands rires ; enfin, dès ce moment-là, il se prit de passion pour les miroirs concaves, à telle enseigne qu'il en acheta de toutes sortes, des plus grands aux plus petits ; à l'aide de fil de fer et de papier-carton, il entreprit de monter des dispositifs complexes devant lesquels il souriait, satisfait de ses œuvres. De toute évidence, il avait trouvé là son élément, il avait du génie pour imaginer des systèmes dont jamais personne n'aurait eu idée, même s'il est vrai qu'il commandait expressément des livres de magie à l'étranger ; du reste, je suis aujourd'hui encore confondu quand je pense au tour dit des « billets magiques », avec lequel il m'avait tant surpris lors d'une de mes visites chez lui.

C'était une boîte en carton, carrée, de deux pieds de côté environ, qui comportait une ouverture sur le devant, un peu comme une entrée d'immeuble, où étaient disposés cinq ou six billets d'un yen à la manière de cartes postales dans un classeur.

« Essaie donc de prendre ces billets » me dit-il d'un air indifférent en m'apportant cette boîte. Sur son invitation, je voulus m'en saisir, mais par on ne sait quel mystère, ces billets nettement visibles à l'œil nu n'étaient plus que fumée quand on y portait la main ; je n'ai jamais été aussi étonné de ma vie.

Je poussai un cri, et comme il me voyait stupéfait, il m'expliqua en riant d'un air tout à fait réjoui qu'il s'agissait d'un tour de passe-passe inventé par un physicien, anglais je crois, dont le secret tenait une fois de plus à un miroir concave. Je ne me souviens guère de l'argumentation exacte, mais il fallait étaler les billets dans le bas de la boîte, installer par-dessus et de biais un miroir concave, y introduire une ampoule électrique, et en dirigeant le faisceau lumineux sur les billets, ceux-ci apparaissaient bel et bien dans l'ouverture de la boîte, suivant ce principe qu'un objet, posé à une distance donnée du foyer du miroir, forme son image sous un angle et en un lieu déterminés. Jamais, avec un miroir quelconque, on n'aurait cette impression d'avoir sous les yeux l'objet lui-même, mais chose étonnante, un miroir concave permet à l'image de se matérialiser. Et je vous assure que ces billets se trouvaient très manifestement là…

Sa passion anormale pour les verres et les miroirs ne cessait de s'amplifier, et bientôt, lorsqu'il eut terminé ses classes du secondaire, il refusa de poursuivre ses études ; il faut dire que ses parents, trop gentils, acceptaient la plupart de ses caprices. Aussi, à la sortie du lycée, se considérant comme un adulte à part entière, il fit construire un petit laboratoire dans une aire libre du jardin, et là, s'adonna au passe-temps étrange dont il va être question ici.

Alors que jusque-là il n'y avait rien eu de trop inquiétant, puisque son temps libre était quelque peu restreint par les obligations scolaires, dès qu'il entreprit de rester enfermé dans son laboratoire du matin au soir, c'est avec une rapidité effrayante que sa maladie s'aggrava. Il n'avait jamais eu beaucoup d'amis, mais depuis la fin de ses études, son univers s'était réduit à cet étroit laboratoire ; jamais plus il ne sortait se distraire, et des personnes qu'il recevait auparavant dans sa chambre, je demeurais pratiquement le seul, en dehors de sa famille, à lui rendre toujours visite.

Chaque fois que j'allais le voir, et cela de temps à autre seulement, j'étais témoin de l'aggravation progressive de sa maladie, ou plutôt d'un état maintenant proche de la folie qui, malgré moi, me faisait secrètement frissonner. S'ajoutant à ses manies maladives, le décès de ses deux parents, qui succombèrent malheureusement à une épidémie de grippe, empira encore son cas ; il n'eut donc plus à se soucier de personne, et comme de surcroît il avait hérité d'une fortune fabuleuse, il put se livrer librement à ses étranges expériences. Il se mit en outre, ses vingt ans passés, à s'intéresser, comme on dit, aux femmes — chez une personne aux goûts déjà si singuliers, la sensualité était elle aussi, on s'en doute, excessivement perverse — et cette nouvelle tendance devait rencontrer, dans une exacerbation mutuelle, sa passion de toujours pour les lentilles. Or mon histoire, c'est au bout du compte un certain événement et son dénouement terrifiant, mais avant de vous en parler, j'aimerais vous décrire, avec deux ou trois exemples concrets, à quel point son état avait empiré.

Sa maison se trouvait sur un coteau dans les hauteurs de la ville, et le laboratoire en question avait été bâti dans le coin d'un grand jardin d'où l'on surplombait les toitures du quartier ; mon ami fit aménager le toit en un observatoire, dans lequel il installa une lunette astronomique assez perfectionnée, et s'absorba dans le monde des étoiles. Il avait acquis par lui-même à cette époque les connaissances de base en astronomie. Cependant il n'était pas homme à se contenter d'un passe-temps aussi banal, et c'est ainsi qu'il avait installé, sur le rebord d'une fenêtre, un puissant téléscope à angles variables qu'il pointait dans toutes les directions pour s'adonner à ce plaisir secret et profondément coupable de contempler en cachette, par les fenêtres, l'intérieur des maisons en contrebas.

Derrière leur palissade ou retranchés derrière une maison voisine, les gens se croyaient à l'abri de tous les regards, et comme ils ne se doutaient pas qu'on pouvait les épier d'aussi loin avec un téléscope situé sur les collines, ils se livraient entièrement aux plus secrets de leurs actes que mon ami observait sans rien en perdre, comme s'ils se déroulaient sous ses yeux.

« Ça, je ne pourrai jamais m'en passer », me répétait-il souvent, car ses observations au téléscope sur le bord de la fenêtre lui procuraient un plaisir suprême et, réflexion faite, c'était sans nul doute un divertissement fort plaisant. Il m'arrivait aussi d'y jeter un coup d'œil, et je n'étais pas sans rougir quand je découvrais par hasard de curieuses choses juste sous mes yeux.

Prenons un autre exemple : il fabriqua ce qu'on appelle, je crois, un périscope sous-marin, cet appareil qui permet d'observer la surface de la mer à partir d'un engin submergé, afin d'épier, de sa chambre, celles de ses employés, surtout celles de ses jeunes servantes, sans que personne ne s'en doute un seul instant. Mais il observait aussi, à l'aide de loupes et de microscopes, la vie d'êtres minuscules, et chose peu ordinaire, il élevait différentes espèces de puces qu'il contemplait sous une loupe ou un microscope à faible grossissement, en train de ramper, de suçer son propre sang, ou mises ensemble, de se battre si elles étaient du même sexe, ou de frayer amicalement si elles étaient de sexe opposé ; mais la plus répugnante de ces expériences qu'il me fit voir — expérience telle que j'en gardais une singulière phobie pour ces insectes qui, pourtant, m'avaient été indifférents jusqu'alors — fut le spectacle d'une puce à moitié morte qui se débattait dans l'agonie et que l'on observait démesurément agrandie. Sans doute le microscope ne grossissait-il que cinquante fois les dimensions réelles, mais cette puce donnait l'impression de vous remplir entièrement la vue, et l'on distinguait nettement sa bouche et les griffes de ses pattes, jusqu'au moindre poil qui poussait sur son corps : elle était à mes yeux d'une taille épouvantable, et pour utiliser une curieuse comparaison, aussi énorme qu'un sanglier. Au milieu d'un noir océan de sang (telle était l'apparence d'une simple petite gouttc), elle se débattait dans les affres terrifiantes de la mort, le dos aplati et à demi-écrasé, les pattes crispées en l'air et avançant sa trompe le plus loin possible. On croyait même entendre, sortant de sa bouche, quelque horrible hurlement.

Comme je n'en finirais jamais de vous raconter chacun de ces menus détails, je passerai sur la plupart d'entre eux, mais peu de temps après la construction du laboratoire, alors que mon ami s'enfonçait de plus en plus dans son vice, il arriva un jour la chose suivante : j'étais venu lui rendre visite, et ouvrant innocemment la porte de son laboratoire, je vis, sur toute la surface de mur en face de moi, dans une salle que les volets fermés sans raison apparente plongeaient dans l'ombre, quelque chose d'environ, oui, deux mètres de côté, qui grouillait vaguement. Me croyant victime d'une hallucination, je me frottais les yeux, mais il y avait bien quelque chose qui bougeait devant moi. Debout sur le seuil, retenant mon souffle, je fixais ce monstre des yeux. Puis, à mesure que je le regardais, une espèce de brume se dissipa peu à peu, et je pus voir de façon étrangement précise, bien que légèrement vaporeuse comme dans certaines photographies floues, des touffes noires, comme plantées d'aiguilles, sous lesquelles des yeux gros comme des baquets luisaient, globuleux, depuis l'iris brunâtre jusqu'aux rivières de vaisseaux sanguins dans le blanc de l'œil ; je vis aussi les trous des narines, tels des grottes, où brillaient des poils semblables à des fibres de palmier, les lèvres d'un rouge désagréablement vif, qui ressemblaient à deux coussins grandeur nature que l'on aurait superposés, entrouvertes sur des dents blanches, luisantes comme des tuiles vernissées. Ce visage, autrement dit, remplissait toute la pièce, il vivait et il grouillait. La tranquillité des mouvements, les couleurs très naturelles me démontraient que je n'étais pas en train de voir un film. Plus qu'à l'angoisse, plus qu'à la peur, je me crus en proie à la folie, si bien que je laissai échapper un cri d'effroi. « Je t'ai surpris, hein ! mais c'est moi, c'est moi ! » : sa voix provenait d'une autre direction, et je sursautai en voyant les lèvres et la langue du monstre mural se mouvoir de concert avec ces paroles, tandis que les yeux, ces deux baquets, esquissaient un petit sourire.

« Ha, ha, ha... Que dis-tu de cette invention ? »

La salle s'illumina tout à coup, et mon ami apparut sur le seuil de la chambre noire située de l'autre côté. Inutile d'ajouter qu'au même instant, le monstre disparut du mur. Vous l'avez sans doute deviné, il s'agissait en somme d'un épidiascope, cet appareil qui projette par réflexion l'objet tel qu'il est, grâce à l'action conjuguée d'un miroir, d'une lentille et d'une forte lumière ; vous savez, on en fait des jouets pour enfants, et il avait mis au point un système spécial qui permettait d'obtenir une image anormalement grande. C'était ensuite son propre visage qu'il avait projeté. Tout semblait très simple après de telles explications, mais l'effet n'en était pas moins surprenant ; ces tours-là constituaient un de ses passe-temps favoris.

Je trouvais encore plus étrange une astuce très semblable : alors que cette fois la salle n'était pas particulièrement obscure et que l'on discernait son visage, il s'était servi d'un curieux appareil constitué de miroirs de toutes sortes, alignés verticalement, et dont le dispositif permettait de projeter, par exemple, un seul œil agrandi, lui aussi, à la taille d'un baquet. Quand il me joua ce tour par surprise et que je vis cela flotter devant mes yeux, je me crus en plein cauchemar et, paralysé par la peur, je me demandais si j'étais encore en vie. Néanmoins lorsqu'on découvrait le pot aux roses, on s'apercevait que ce n'était qu'un tour comme celui des « billets magiques » dont je vous ai parlé précédemment, où l'image est agrandie à l'aide d'un grand nombre de miroirs concaves. De toute évidence, ces truquages étaient théoriquement réalisables, mais il fallait pour cela beaucoup d'argent et de temps, et personne avant lui n'ayant réalisé de choses aussi futiles, on pouvait parler d'inventions originales ; à force cependant de m'en montrer, mon ami finissait par m'apparaître comme une sorte d'effrayant démon.

Environ deux ou trois mois plus tard, je ne sais ce qui lui passa par la tête, car il cloisonna un petit espace dans son laboratoire, dont il tapissa toutes les parois de miroirs, pour en faire ce qu'on appelle ordinairement une chambre à miroirs. Tout n'était que miroirs, même la porte. Il y pénétrait avec une bougie, et y demeurait, semble-t-il, seul pendant de longs moments. Que pouvait-il donc bien y faire, cela personne ne le savait ; on pouvait néanmoins imaginer le spectacle qui s'offrait à ses yeux. Il ne fait aucun doute que, debout au milieu de cette chambre recouverte de miroirs, les moindres parties de son corps se reflétaient de miroirs en miroirs pour créer des suites infinies d'images. Il devait s'y sentir au milieu d'une ruée fourmillante et illimitée d'êtres identiques à lui. Je frissonne rien que d'y penser, car il m'est arrivé, quand j'étais petit, de pénétrer à l'intérieur d'une chambre à miroirs, qui n'en avait d'ailleurs que le nom, dans un labyrinthe de foire ; quoiqu'imparfaite, j'en étais sorti terrorisé ! Ainsi, quand il me proposa d'entrer dans cette chambre, je refusai catégoriquement et je n'en franchis jamais le seuil.

J'appris bientôt qu'il n'était pas le seul à y pénétrer. L'autre personne était une de ses servantes préférées, sa seule amante d'ailleurs, une jolie fille qui avait à l'époque dix-huit ans. Il l'emmenait donc jouer au pays des miroirs, elle dont il ne cessait de dire : « La seule qualité de cette petite, ce sont les myriades de nuances, profondes et délicates, qui parent les formes de son corps ; bien sûr elle n'a pas un vilain teint, sa peau est fine, sa chair souple comme celle des animaux marins, mais ce sont les nuances profondes de son corps qui font sa beauté. » La situation de cette chambre, ainsi insérée dans un laboratoire clos, rendait impossible toute observation extérieure, mais j'ai entendu dire qu'ils y restaient parfois enfermés plus d'une heure durant. Bien entendu, il y entrait souvent tout seul, et selon une curieuse anecdote, il paraît qu'un jour il y était resté si longtemps sans faire le moindre bruit, qu'un domestique, pris d'inquiétude, avait frappé à la porte ; elle s'était alors brusquement ouverte, et mon ami lui était apparu, entièrement nu, puis sans dire un mot, s'était dirigé d'un air renfrogné vers la maison principale.

C'est à partir de cette époque que sa santé, qui n'avait jamais été excellente, parut décliner de jour en jour, tandis qu'à l'opposé de son affaiblissement physique, sa curieuse manie ne cessait de s'accentuer. Il se mit alors à faire collection de miroirs aux formes les plus variées, en y investissant des sommes fabuleuses. Miroirs à surface plane, miroirs concaves ou convexes, miroirs ondulés ou tubulaires, je me demande comment il put en rassembler autant, de formes aussi peu communes ; le vaste laboratoire menaçait de disparaître sous la masse des miroirs déformants qui s'y entassaient jour après jour. Mais ce n'est pas tout, car à ma grande surprise il entreprit, selon un plan original, de construire au milieu du vaste jardin une fabrique de miroirs, dont certains produits étaient si remarquables qu'on n'en aurait pu trouver d'équivalents dans tout le Japon. Ingénieurs et ouvriers avaient été recrutés parmi les meilleurs, et mon ami montrait un enthousiasme qui lui faisait dépenser sans regret, à cette fin, toute la fortune qui lui restait.

Il n'avait hélas plus un seul parent qui pût le conseiller. Certains domestiques, incapables de se contenir, s'étaient permis quelques observations, mais ils furent bientôt renvoyés, et les seuls qui restèrent étaient des gens mesquins qui ne cherchaient que des salaires excessivement élevés. Dans ces conditions, étant son seul ami au monde, j'aurais dû tenter l'impossible pour l'apaiser et mettre fin à ses entreprises téméraires, mais dans sa folie il n'entendait pas mes conseils, répétés pourtant inlassablement, et ses actes, de plus, n'étant pas spécifiquement criminels, dans la mesure où il dépensait sa propre fortune à sa guise, il ne restait aucun moyen de le rendre plus raisonnable. Je ne pouvais que regarder avec anxiété sa fortune et sa vie disparaître peu à peu.

Par la suite, je multipliai mes visites : j'avais le sentiment qu'il me fallait au moins surveiller, disons, son comportement. J'étais donc bien obligé d'assister dans le laboratoire à ses tours de magie qu'il renouvelait à un rythme vertigineux : c'était un univers réellement insolite, plein de chimères et de fantasmes. Au moment même où ses obsessions avaient atteint leur paroxysme, son mystérieux génie semblait aussi avoir trouvé sa suprême expression ; des paysages mobiles comme des kaléidoscopes, beaux et inquiétants comme il n'en existe nulle part en ce monde : les mots me manquent pour décrire ce qu'il me donna à voir à cette époque.

Avec les miroirs qu'il se procurait à l'extérieur, et ceux que ses propres ateliers produisaient pour suppléer à ce qui manquait ou ne pouvait être acheté, ses rêveries se matérialisaient les unes après les autres. Un jour c'était le spectacle de son cou, de son torse ou bien encore de ses jambes, flottant dans l'espace du laboratoire ; bien entendu, il ne s'agissait là que d'un truc bien connu des prestidigitateurs, consistant à couvrir toute une pièce d'énormes miroirs accrochés de biais, en y aménageant un espace pour y passer le cou, les bras ou les jambes, mais je ne pouvais échapper à un sentiment d'étrangeté, sachant qu'à la place d'un magicien, c'était mon propre ami, si maladif et si sérieux, qui ordonnait ces tours. Une autre fois, la chambre tout entière était devenue déluge de miroirs concaves et convexes, ondulés et cylindriques. Mon ami, au milieu, dansait à la folie, tantôt gigantesque, tantôt minuscule, allongé ou aplati, ou encore tordu ; tantôt surgissait un torse, ou une enfilade de cous, tantôt quatre yeux se formaient sur le même visage, les lèvres s'étiraient le long d'une verticale infinie, puis se rétrécissaient, et ces reflets se répondaient, s'enchevêtrant dans un désordre absolu : on aurait dit les fantasmagories d'un fou, ou un banquet infernal.

Un autre jour encore, la chambre s'était complètement transformée en un immense kaléidoscope. Mon ami avait acheté des magasins entiers de fleurs multicolores, et les avait introduites dans un tube triangulaire long de plusieurs dizaines de pieds, composé de miroirs et actionné par une machinerie qui le faisait tourner avec force cliquetis, projetant comme dans un rêve d'opium des pétales grands comme des nattes, et ce, par milliers et dizaines de milliers, en un arc-en-ciel, en une aurore boréale, qui enveloppaient totalement l'univers du spectateur. Il dansait avec frénésie parmi tout cela, exhibant son corps de monstre géant auquel des pores énormes donnaient un aspect de surface lunaire.

Il existait encore nombre de tours de magie, parfois plus effrayants encore, et jamais moins impressionnants, à tel point qu'à l'instant même où l'on percevait la beauté de cet univers démoniaque, on pouvait en perdre et la conscience et la vue ; mais je ne me sens guère capable de vous les décrire, et même si je vous les racontais maintenant, vous ne pourriez me croire.

Cet état de délire continu dura encore jusqu'à ce que survienne finalement un drame affreux : cet homme qui était mon meilleur ami devint alors véritablement fou. Certes jusque-là il était difficile de considérer ses faits et gestes comme l'œuvre du bon sens. Cependant, malgré toutes ses extravagances, il se comportait comme un être normal durant la plus grande partie de ses journées. Il pouvait tout aussi bien se consacrer à la lecture qu'exécuter les directives du responsable de la fabrique, avec une habileté étonnante par rapport à sa constitution si terriblement chétive, et lors de mes visites, il m'exposait très volontiers, comme par le passé, ses mystérieuses théories esthétiques. Dans ces conditions, comment aurait-on pu imaginer qu'il connaîtrait une fin aussi atroce ? Fallait-il y voir l'œuvre du démon qui nichait dans son corps ? Peut-être la colère divine s'était-elle abattue sur celui qui s'était plongé trop profondément dans les beautés d'un univers démoniaque...

Un matin, je fus brusquement réveillé par l'un de ses domestiques.

« Il se passe quelque chose de terrible ! Madame vous demande de bien vouloir venir immédiatement.

— Terrible ? Mais quoi donc ?

— Nous, nous n'en savons rien, mais je vous en prie, venez le plus vite possible. »

Nous étions tous les deux blêmes déjà, et après ce bref échange de paroles, sans même prendre le temps de me préparer, je me précipitai chez mon ami. Cela se passait bien évidemment dans le laboratoire. Lorsque j'y fis irruption, j'aperçus la servante, celle qu'il avait aimée et que l'on appelait maintenant Madame, avec plusieurs domestiques, tous frappés de stupeur et comme pétrifiés, les yeux fixés sur un curieux objet.

La chose était plus grande qu'une boule d'équilibriste, entièrement recouverte de tissu, et tel un être animé, roulait en tous sens dans le laboratoire que des rangements avaient agrandi. Il y avait quelque chose de plus inquiétant encore, qui provenait sans doute de l'intérieur : des grognements, comme des rires étouffés, dont on ne savait s'ils étaient le fait d'un homme ou d'un animal, chuintaient à nos oreilles.

« Mais qu'est-il donc arrivé ? » demandai-je à la servante, ne trouvant d'autre façon de m'informer.

« Je n'en sais absolument rien. Je me demande si ce n'est pas Monsieur qui est à l'intérieur, mais depuis quand cette grosse boule est arrivée ici, je n'en ai pas la moindre idée... J'ai essayé d'appeler plusieurs fois, mais on ne me répond que par un rire bizarre. »

Je m'approchai alors brusquement de la boule et cherchai par où pouvait s'échapper cette voix : je découvris facilement deux ou trois trous en surface que l'on pouvait prendre pour de petites bouches d'aération. J'y collai donc mon œil et observai craintivement l'intérieur, mais je n'y vis qu'une lumière extraordinairement ébouissante qui m'aveugla. Si ce n'est le fait qu'un être se mouvait à l'intérieur, un être au rire lugubre et démentiel, je ne comprenais rien à la situation. Je tentai d'appeler mon ami deux ou trois fois à travers les trous, mais n'obtins aucune réaction qui me permît de savoir si j'avais affaire à un homme ou à quelque être tout à fait différent.

Or comme j'observais depuis un moment cette boule mobile, je découvris tout à coup une curieuse découpe carrée sur la surface. C'était probablement une porte, elle vibrait quand on la poussait, mais comme il n'y avait pas de poignée, on ne pouvait pas l'ouvrir. En l'examinant de plus près, on remarquait une partie métallique percée d'un trou, celui de la poignée apparemment ; peut-être celle-ci était-elle tombée pour je ne sais quelle raison, après que l'on se fut introduit dans la boule, et la porte ne pouvait donc plus être ouverte, ni de l'extérieur, ni de l'intérieur. Si tel était le cas, l'homme y avait été enfermé toute la nuit. Je jetai un coup d'œil aux alentours pour voir si la poignée n'était pas tombée à proximité, et mon hypothèse se trouva confirmée, car il y avait par terre, dans un coin de la chambre, une poignée métallique. Malheureusement, la tige, qui correspondait exactement au trou, en était faussée, et on aurait eu beau l'introduire dans l'ouverture, la porte ne se serait jamais ouverte.

Il restait étrange néanmoins que le prisonnier n'appelât pas à l'aide et ne fît que rire à gorge déployée.

« Et si... »

Une pensée, soudain, me traversa l'esprit, et je ne pus m'empêcher de pâlir ; mais je n'avais plus même le temps de réfléchir. Il me fallait casser cette boule avant tout. Et secourir coûte que coûte l'homme qui s'y trouvait.

Je me précipitai aussitôt à l'atelier, y ramassai un marteau, revins à la chambre, et en assenai un coup violent sur la boule. Or l'intérieur était sans doute en verre épais, car, à notre grande surprise, elle se brisa en une multitude d'éclats dans un fracas épouvantable.

Et ce fut bien mon ami qui sortit de là en rampant. Mes craintes se trouvaient confirmées. Mais était-ce possible qu'en l'espace d'une seule journée, un être humain pût changer à tel point d'apparence ? Hier encore, malgré l'affaiblissement de son état, son visage gardait une sévérité qui vous glaçait, mais à présent, son masque cadavérique aux muscles relâchés, ses cheveux en désordre comme s'il les avait fourragés, ses yeux injectés de sang au regard étrangement absent, sa bouche mollement entr'ouverte et ses éclats de rire rendaient insupportable une plus longue observation : même la servante qu'il avait fait entrer dans son intimité, effrayée elle aussi, s'était écartée d'un bond.

Inutile de dire qu'il était devenu fou. Mais qu'est-ce qui avait bien pu le rendre ainsi ? Il ne semblait pas être homme à perdre la raison pour avoir été enfermé dans une boule. D'abord, à quoi donc pouvait bien servir cette drôle de sphère, et pourquoi se trouvait-il à l'intérieur ? Les gens de la maison disaient n'en rien savoir et je pensai qu'il avait dû en ordonner secrètement la fabrication à ses ateliers ; mais qu'avait-il bien pu manigancer avec cette boule d'équilibriste en verre ?

Au milieu de cette étrange agitation — lui continuait de rire en errant dans la chambre, tandis que la servante, enfin remise de ses émotions, se suspendait en pleurant à ses manches — un ingénieur de la fabrique, se rendant à son travail, survint à l'improviste. Je fondis sur lui, et sans lui laisser le temps de revenir de sa stupéfaction, je l'assaillis de questions.

Si je résume les réponses qu'il me balbutia, voici ce qui s'était passé : depuis un certain temps déjà, il avait reçu l'ordre de fabriquer une sphère de verre creuse, de trois pieds de diamètre et trois pouces d'épaisseur ; s'activant en secret à la tâche, il l'avait finalement achevée la veille, tard dans la soirée. Les techniciens n'avaient évidemment aucune idée quant à son utilisation, mais ils avaient réalisé quelque chose qui répondait exactement aux ordres mystérieux qui leur avaient été donnés, à savoir que la surface extérieure devait être recouverte de mercure, de telle manière que la paroi interne constitue un seul miroir, et l'intérieur devait être équipé en divers endroits de petites ampoules électriques à forte luminosité ; il fallait aussi aménager une porte qui permît le passage d'un homme. Lorsque cette sphère fut terminée, ils la transportèrent de nuit au laboratoire, et après avoir connecté les fils des ampoules à la prise centrale, ils étaient rentrés chez eux en la laissant telle quelle aux mains de leur patron. L'ingénieur ne savait absolument rien de plus et je ne le retins pas davantage.

Ayant confié le fou aux soins des domestiques, je me torturai l'esprit pour résoudre à tout prix le mystère de cet événement étrange, et contemplai les débris de verre éparpillés de cette sphère énigmatique. Longtemps je les fixai, en vain. Puis je pensai soudain qu'après avoir essayé de créer tous les dispositifs spéculaires dont était capable son intelligence, qu'après en avoir épuisé tous les plaisirs, cette boule de verre avait dû finalement s'imposer à son imagination. Et qu'il avait voulu s'y introduire ensuite pour tenter de contempler les étranges images qui devaient s'y refléter.

Mais pourquoi avait-il sombré dans la folie ? Ou plutôt, qu'avait-il vu à l'intérieur de cette sphère de verre ? Oui, qu'avait-il bien pu y voir ? A l'instant même où ma pensée en arrivait là, et comme si le centre de ma moëlle épinière avait été transpercé par un bâton de glace, je sentis une peur inhumaine me refroidir jusqu'aux entrailles. Etait-il devenu immédiatement fou, aussitôt qu'il eut aperçu sa propre image dans la lumière crue des petites ampoules, ou bien, voulant s'extraire de là, avait-il cassé la poignée par mégarde, et prisonnier malgré lui de cette étroite sphère, avait-il perdu la raison en se débattant dans les affres de la mort ? Ces deux hypothèses étaient également plausibles, mais qu'est-ce donc qui l'avait terrorisé à ce point ?

Ici nous pénétrons dans un domaine absolument interdit à l'imagination humaine. Car existe-t-il une seule personne au monde qui se soit introduite à l'intérieur d'un miroir sphérique ? Les images réfléchies par une telle paroi ne sauraient sans doute être décrites, serait-ce par un physicien. Ne s'agissait-il pas d'un monde qu'il ne nous est pas permis de concevoir, une terre étrangère à l'homme, un univers de terreurs et de tremblements... Celui d'un démon, plus effroyable que tout au monde... Peut-être n'était-ce pas sa propre image qu'il avait vu reflétée, mais autre chose — à l'aspect inimaginable — qui avait complètement envahi sa vue, son univers, une chose telle qu'elle plongeait l'être humain dans une inéluctable folie.

Quant à nous, nous pouvons seulement essayer de reporter sur une sphère tout entière la terreur que nous inspirent les miroirs concaves, ces sphères partielles. J'imagine que vous la connaissez aussi, cette terreur qui émane des miroirs concaves. Et cette sphère, ce monde cauchemardesque où l'on croirait s'observer soi-même au microscope, envelopperait notre corps tout entier, comme dans un assemblage infini de miroirs concaves ; la terreur ainsi engendrée doit être au moins plusieurs fois, ou plusieurs dizaines de fois plus intense que celle qu'inspirent de simples miroirs concaves. Cette simple évocation ne fait-elle pas se dresser les cheveux sur la tête ? Il s'agit en somme d'un petit univers enclos dans un miroir concave ; ce n'est plus notre monde d'ici-bas, mais quelque chose d'autre, très vraisemblablement le pays de la folie.

En poussant sa passion pour les lentilles, sa folie des miroirs, jusqu'à ses dernières limites, en les outrepassant même, mon malheureux ami, qu'il ait été frappé par la colère d'un dieu ou qu'il ait succombé aux invites du démon, s'était finalement perdu lui-même.

Comme depuis lors ils nous a quittés sans être revenu à la raison, il n'a pas été possible de connaître la vérité des faits, mais jusqu'à présent, je ne puis, quant à moi, abandonner l'idée qu'il n'a finalement précipité sa perte que pour avoir violé le secret du miroir sphérique.

Traduit et présenté par Cécile Sakai.

TOKUDA Shûsei

La serviette de cuir

(Ori-Kaban)

Tokuda Shûsei naît dans une famille pauvre de Kanazawa (sur la côte sud-ouest de l'île de Honshû) en 1871.

Il ne poursuit pas ses études au-delà du lycée et sa vocation d'écrivain lui vient à la lecture de romans et de revues littéraires.

Il se rend à Tôkyô où il occupe plusieurs emplois dont celui de journaliste, devient le disciple d'un écrivain célèbre : Ozaki Kôyô, et en 1899, publie sous son patronage son premier ouvrage à succès : Kumo no yukue *(Où vont les nuages ?).*

Il commence à vivre de sa plume et rejoint un peu plus tard le mouvement naturaliste japonais. En 1908, il fait paraître sa première œuvre du genre : Arajotaï *(Le jeune ménage). Il continue à écrire de nombreux romans et nouvelles où il s'attache plus particulièrement à montrer, d'une manière réaliste et objective, la condition difficile des femmes dans les classes moyennes ou pauvres de la société japonaise de l'époque. Beaucoup de ses récits appartiennent à un type de littérature propre au Japon : le* shi-shôsetsu *(roman personnel) et sont construits à partir d'éléments autobiographiques principalement tirés de sa vie conjugale.*

Après la mort de sa femme, sujet de la nouvelle traduite ici, il s'éloignera du naturalisme mais ne cessera pas d'écrire jusqu'à sa mort en 1943.

Tôru se demandait depuis combien de temps il avait envie d'une serviette de cuir. Ce n'était pas que cela lui fût aussi nécessaire qu'à un employé de bureau, un journaliste ou un médecin, mais il y avait parfois des circonstances où il aurait trouvé cela pratique. Par exemple pour un aller et retour d'une journée en chemin de fer, ou encore quand il allait passer deux ou trois jours non loin de chez lui pour y écrire, et même pour un voyage plus long, il lui aurait été bien commode d'avoir quelque chose pour ranger ses petits objets personnels de façon à les avoir à portée de main. Des objets tels que : tabac, allumettes, médicament, papier, carnet de notes, formules de télégramme, stylo, petit livre, revue, etc. Bien sûr, quand il sortait pour peu de temps, il pouvait en mettre certains dans ses poches s'il s'habillait à l'européenne et, s'il portait un kimono, en placer quelques-uns dans ses manches ou en glisser dans son obi mais, malgré tout, il aurait préféré avoir quelque chose pour les rassembler. Cependant, il s'interrogeait : une serviette à usage professionnel conviendrait-elle à quelqu'un comme lui, déjà âgé et qui, sans être oisif, n'était pas dans les affaires ? De temps à autre, il achetait bien une sorte de cartable qu'il trouvait amusant d'emporter deux ou trois fois, mais il finissait par se sentir démodé et il l'abandonnait dans un coin.

Quand il allait en ville avec sa femme et ses enfants, soit pour s'y promener, soit pour y faire des courses, il lui arrivait souvent de s'arrêter devant les étalages et les vitrines des maroquiniers et de dire :

— J'achèterais bien une serviette en cuir. Hein ? Qu'est-ce que vous en pensez ?

Ce n'était bien sûr qu'un article d'usage courant, mais il avait conservé en lui ce désir un peu enfantin de posséder un objet qu'il prenne plaisir à porter.

Une fois, un des enfants lui avait répondu :

— Tu sais, papa, ça ne t'ira pas très bien.

Tôru, un peu gêné, n'avait plus reparlé de la serviette, mais il lui arrivait encore de s'attarder devant les maroquineries.

Et puis, un soir, vers la fin décembre, il s'était rendu en ville avec sa femme et leur aîné comme il le faisait déjà depuis quelques jours. La veille, ils étaient passés dans trois ou quatre librairies pour s'y procurer des ouvrages sur l'art dramatique et sur les haïkaï et, le soir précédent, ils avaient acheté, pour l'offrir, un service pour le saké parfumé du premier janvier. Mais, ce soir-là, en chemin elle avait soudain été prise d'un malaise et ils étaient revenus chez eux précipitamment.

Elle lui avait déclaré d'une voix dolente :

— Je me sens toute étourdie, il vaut mieux que je retourne à la maison.

Lui s'était alarmé de la voir dans cet état :

— Ah ! Mais tu n'as pas l'air bien du tout ! On va rentrer immédiatement ! Je vais te donner le bras.

— Mais non, ce n'est pas si grave. Je me sens simplement un peu drôle.

Cela s'était produit quelquefois depuis sa jeunesse et Tôru eut l'impression qu'avec sa démarche chancelante, d'un instant à l'autre, elle allait brusquement s'effondrer dans la rue. Elle était véritablement livide, les traits décomposés, l'air abattu. Il lui dit d'un ton légèrement menaçant :

— Tu as très mauvaise mine. On croirait une morte. Demain tu iras chez le médecin. J'y tiens absolument.

Son visage était affreusement pâle. Il savait que, depuis l'automne, sa santé s'était beaucoup détériorée et, comme elle avait tendance à prendre son mal à la légère, il avait surtout l'idée de l'effrayer un peu.

Elle était atteinte d'une maladie chronique et il éprouvait pour son état une anxiété beaucoup plus grande qu'elle-même. Le chagrin et la peur qu'il avait ressentis quand cette maladie s'était déclarée, après un accouchement, il y avait déjà plus de vingt ans, s'apaisaient parfois ; une aggravation semblait peu probable et elle subissait des examens médicaux. Et puis, les années passant, il s'y était accoutumé, mais malgré tout, il ne pouvait s'empêcher d'avoir l'appréhension de celui qui manipule une très fragile porcelaine fêlée. Et il lui arrivait de trouver exaspérant, qu'habituée à son mal, elle fasse comme si elle n'était pas concernée.

Il l'avait sermonnée peu de temps auparavant. Elle s'était levée de bonne heure, avait préparé l'en-cas des enfants et, l'air las, était assise près du brasero :

— Tu penses sans doute que ton corps t'appartient à toi seule, mais moi je ne suis pas d'accord. En ce moment, tu ne vas jamais chez le médecin ; pourtant, ces temps derniers, on voit souvent dans les journaux que les reins sont la cause d'hémorragies cérébrales et que les gens en meurent. Moi ça m'effraie quand je lis cela.

A cause de ses ennuis cérébraux, depuis très longtemps, il lui était pénible de se lever le matin ; mais, quand des bruits confus lui parvenaient de la cuisine, il lui était impossible de rester couchée. Et ensuite, une fois debout, elle avait tout à fait horreur de s'allonger pour se reposer.

Il lui disait souvent :

— Lorsque tu te lèves tôt, tu ferais mieux de te recoucher après le départ des enfants.

Mais même s'il s'inquiétait d'elle et voulait lui donner des conseils, jamais elle ne répondait avec docilité :

— Oui, je vais le faire.

Elle ne s'opposait pas franchement à ce qu'il proposait et elle l'en remerciait sincèrement, mais son caractère obstiné et difficile mettait sa patience à rude épreuve. Il en était arrivé à s'abstenir de se mêler de sa santé. Bien entendu, quand il n'y faisait pas attention, et en dépit de cette assurance qui l'agaçait tant, elle avalait des diurétiques ou les médicaments prescrits par l'ordonnance du médecin.

En fait, ce soir-là, ce n'était pas très grave et, après une nuit de bon sommeil, il n'en restait plus rien. Le lendemain elle se remit au travail comme d'habitude et le soir ils allèrent de nouveau en ville. Puis le surlendemain, ils y retournèrent avec l'un des enfants. Ils n'avaient rien de particulièrement important à acheter et elle fit seulement l'emplette de deux ou trois articles à la parfumerie. En cours de route, Tôru qui rêvait de partir en voyage, déclara :

— Tiens, je m'en irais bien quelque part.

Elle l'encouragea :

— Bien sûr. C'est une bonne idée.

Il hésitait :

— Oui, mais je ne peux pas partir trop loin et tout près, ce sera sans doute plein.

Sur le chemin du retour, après avoir mangé ces sushi qu'elle aimait tant dans leur restaurant habituel, Tôru parut se rappeler quelque chose et s'arrêta brusquement devant une maroquinerie.

— Quand même, j'achèterais bien une serviette.

Il avait l'air fasciné d'un enfant.

Elle approuva :

— Pourquoi pas, si ça te fait plaisir.

— Et si papa ne l'utilise pas, moi, je pourrai m'en servir.

— C'est promis.

Tous trois, à la file, entrèrent dans le magasin et se mirent en devoir d'examiner les serviettes qu'on leur proposait. Au terme d'une longue délibération, Tôru, sur le conseil de sa femme, se décida pour l'une d'entre elles. Dans ce genre de cas, son point de vue l'emportait sur la volonté indécise de son mari. Il était possible que son choix ne fût pas toujours parfait, mais pour lui qui, la plupart du temps ne réussissait pas ses achats, un avis catégorique était nécessaire.

Il se sentait plutôt heureux et, même à la maison, continua de tripoter sa serviette. Il lui était venu comme une petite envie de l'emporter avec lui et d'aller faire un tour.

Ce ne fut que dans la soirée du lendemain que, serviette à la main, il se rendit à l'hôtel en face de la gare. Il restait encore deux ou trois choses qu'il lui fallait terminer avant la fin de l'année. Ses ennuis digestifs étaient réapparus et, pendant un certain temps, il n'avait mangé que de la bouillie de riz, aussi, il avait bien songé à prendre quelques jours de repos dans une station au climat agréable mais, en raison de son travail, il n'avait pu le faire. Cependant, malgré sa santé défaillante, il était d'humeur assez entreprenante. Ce qu'il avait fait jusqu'à maintenant et sa façon de vivre actuelle lui donnaient un sentiment de vide et d'insatisfaction et c'est pourquoi il désirait commencer à réaliser rapidement des projets qui lui paraissaient essentiels. D'un autre côté, il sentait que sa femme et lui devaient guérir complètement. Si l'état de ses finances le lui avait permis, il aurait également souhaité se séparer de sa famille et aller vivre dans l'isolement et la tranquillité. Il était depuis longtemps imprégné de cette ambiance familiale engendrée par le caractère et le mode de vie propre à sa femme. Bien qu'il n'y trouva rien de vulgaire ni de déplaisant, les questions de convenances et de bienséance lui faisaient perdre trop de temps. Elle avait une certaine vivacité d'esprit et on aurait pu croire qu'elle s'entendait parfaitement avec lui, mais il y avait, au fond de leur vie quotidienne, des oppositions qui provenaient de leurs caractères et de leurs tempéraments et il s'était finalement aperçu qu'il ne pouvait rien y faire. En exagérant, il aurait pu dire que c'était depuis qu'elle avait perdu sa mère d'une hémorragie cérébrale, trois ans auparavant, qu'elle lui appartenait vraiment. Quant à elle, prudente, craintive, mais déterminée, elle avait le ferme sentiment — était-ce réserve ou obstination ? — d'être incapable d'ouvrir totalement son cœur à un mari à qui, de toute façon, elle ne faisait pas entièrement confiance et cela en avait fait quelqu'un à l'esprit excessivement contraint et étriqué. Et, bien qu'en toutes autres choses elle fût très sensible, un véritable amour conjugal n'avait pu s'épanouir entre eux. Tôru aussi, sans doute, avait eu pendant longtemps et en diverses occasions des raisons de se montrer égoïste pour se préserver lui-même et, jusqu'à la mort de sa mère, il n'avait pu réellement s'attacher à elle.

— La ville de M. n'est pas pratique pour expédier le courrier et ça ne me dit rien d'aller à Atami ou à Yugawara. Je crois plutôt que je vais prendre une chambre à l'hôtel pendant la première semaine de janvier.

Deux ou trois jours avant, Tôru qui s'était rendu au théâtre avec son fils aîné, y avait par hasard rencontré les S... Ceux-ci logeaient à l'hôtel où ils descendaient chaque fois qu'ils venaient à Tôkyô. Après le spectacle, tous quatre avaient dîné au restaurant Fuji dans Ginza, puis ils avaient fait le chemin ensemble jusqu'à l'hôtel des S... et bavardé un peu dans leur chambre. Son fils et lui étaient ensuite rentrés chez eux. A ce moment-là, Tôru avait soudain pensé :

— Tiens, je passerais bien quelques jours ici.

Et comme les S... y étaient encore et qu'il lui serait facile d'expédier ses manuscrits, l'idée lui était tout juste venue de prendre sa serviette et d'y aller.

Cette fois-là, au théâtre, madame S..., qui n'avait pas d'enfants, avait été surprise de voir combien le fils de Tôru avait grandi et, arrivés à l'hôtel, elle leur avait aimablement proposé de prendre un bain.

En société, et même s'il avait affaire à des gens éminents, son fils aîné n'avait jamais l'air ni emprunté ni intimidé. Son naturel ouvert lui permettait de se joindre à la conversation de personnes plus âgées, à condition bien sûr que celles-ci ne soient pas trop vulgaires.

Tôru ayant, par politesse, décliné l'offre du bain, elle avait demandé à l'enfant :

— Et toi ?

Il avait gentiment souri.

— Mais puisqu'il est prêt.

— Ah bon. Dans ce cas, j'en prendrai bien un.

Par la suite, Monsieur S... avait exposé son point de vue sur les enfants mais Tôru, en sa qualité de père, et bien qu'il soit avec son fils, ne s'était pas du tout senti embarrassé.

Il était parti de chez lui avec l'intention de rester à l'hôtel environ une semaine pour y lire, y écrire et y voir du monde.

— Je rentrerai probablement pendant la nuit du réveillon pour manger le *zôni*[1] du premier de l'an avec vous.

---

1. Plat traditionnel du premier janvier fait d'un bouillon dans lequel ont cuit différents légumes. On y ajoute du *mochi*, galette de riz glutineux cuit à la vapeur puis broyé et qui devient extrêmement dure en séchant.

— Si tu n'es pas là et qu'il ne vienne personne, je pourrai me reposer.

Les enfantillages de son mari en train d'entasser des choses dans sa serviette lui avaient paru assez comiques mais elle n'osait en rire devant lui.

De toute façon, pour éviter la grippe, il avait besoin d'un endroit bien équipé contre le froid.

Après avoir choisi sa chambre, il alla frapper chez les S... Passant la tête par la porte entrebaillée, il aperçut madame S... qui venait de prendre un bain et s'était blottie dans son lit, seulement vêtue d'un peignoir. Embarrassé, il s'éloigna rapidement dans le couloir.

Quelques instants plus tard, elle vint dans sa chambre et lui expliqua que son mari était au théâtre pour s'occuper de la mise en scène d'une pièce mais qu'il rentrerait bientôt. Ils bavardèrent un moment puis elle lui demanda :

— Vous n'allez pas dîner ?

— Ma foi non. C'est déjà fait. Mais je prendrai bien un peu de thé.

Accompagné de madame S..., il descendit au restaurant et, comme ils étaient en avance, ils s'assirent dans un coin du hall en attendant. Tôru ne pouvait s'empêcher d'envier le bonheur des S... Contrairement à lui, ils n'avaient ni enfants ni charges de famille et, bien qu'on soit à la fin de l'année, ils avaient pu fermer leur maison du bord de la mer pour venir tous deux s'installer à l'hôtel à Tôkyô. Qu'une telle vie ne soit pas heureuse, c'est ce que monsieur S... lui avait quelquefois laissé entendre, mais, pour quelqu'un qui, comme lui, était devenu complètement prisonnier de sa famille, il semblait que ce soit là paroles d'enfant gâté.

Lorsque le restaurant fut ouvert, madame S..., en plus de son dîner, commanda quelque chose pour Tôru et lui fit servir du vin, puis, au cours du repas, elle alla téléphoner au théâtre pour prévenir son mari de son arrivée.

Monsieur S... rentra peu après et vint les rejoindre. Pendant qu'il mangeait, il leur raconta la répétition avec sa jovialité coutumière. Leur dîner terminé, ils retournèrent dans le hall et fumèrent une cigarette puis, comme le proposait madame S..., ils décidèrent de passer la soirée dans l'ambiance du Ginza de fin d'année.

— Alors, demanda madame S..., nous y allons ?

— Eh bien d'accord, acquiesça son mari les yeux brillants, mais je vous avertis, hier soir c'était incroyable, près d'Owari-chô, il était absolument impossible de bouger. Je ne sais pas ce qui attire tellement les gens, mais puisqu'il n'y a rien d'autre...

Ils montèrent prendre leurs manteaux et sortirent ensemble. Bien qu'il soit en compagnie, Tôru restait, comme d'habitude, préoccupé de ce qui se passait chez lui et insatisfait par ce qu'il venait d'écrire. Il se comparait à monsieur S..., entièrement absorbé par la création de son œuvre et dont la vie et l'art ne faisaient qu'un et il ne pouvait s'empêcher de s'apitoyer sur lui-même qui se dispersait dans les insupportables difficultés de la vie quotidienne.

Ce soir-là aussi, il y avait une telle foule dans Ginza qu'il était très malaisé d'avancer. Tôru appréciait l'atmosphère qui régnait au-dehors à cette période de l'année, mais celle qu'il trouvait chez lui à ces moments-là n'était pas non plus sans agrément. Et, en se promenant dans ce Ginza si animé, à la vue de ces jeunes de la nouvelle génération, tout pareils à ses propres enfants, qui défilaient l'air heureux, il était envahi par une vague tristesse, comme quelqu'un qui ne serait pas à sa place.

— C'est vrai, elle m'avait dit qu'elle aimerait voir Ginza pendant ces jours de fête.

Cela lui revint soudain à l'esprit et, se rappelant ce soir où, bien des années auparavant, ils étaient venus tous les deux ici et où elle avait choisi avec tant de soin le col d'un kimono qu'elle voulait offrir en étrenne, il se sentit étrangement cafardeux.

— De toute façon, au printemps, j'ai bien l'intention de voyager un peu, lui avait-il confié quelques jours plus tôt. Si tu veux on pourrait partir pour Ise tous les deux. Ensuite je te montrerai Kyôto et Ôsaka. Qu'est-ce que tu en penses ?

— Oui, peut-être, si on pouvait emmener Yoshiko.

Elle ne semblait pas très tentée.

Leur aîné, qui se trouvait là, les avait encouragés :

— C'est une bonne idée, allez-y.

Mais elle n'était pas prête à abandonner sa maison, même deux ou trois jours, pour partir en voyage avec son mari. Surtout depuis la disparition de sa mère.

Il songeait avec pitié que, depuis cette mort, elle paraissait toujours triste ; et pourtant, pouvoir prendre soin de cette femme affaiblie le rendait plutôt heureux et il ressentait dans leur vieux couple un sentiment de chaude tendresse que, jusqu'alors, il n'avait jamais connu. Ainsi, quelques jours plus tôt, il l'avait emmenée à Asakusa, avec un des enfants, voir son spectacle préféré : le théâtre de poupées. Chez lui, il manifestait toujours beaucoup d'égoïsme et, pris en charge par sa femme de la tête au bout des ongles, se comportait en enfant gâté. Mais, dès qu'ils avaient mis le pied dehors, la situation était inversée, et sans trop le montrer, il lui fallait être plein d'attentions pour la malade. Ce jour-là, il s'était aperçu que, marchant déchaussée sur le tapis rugueux du théâtre, elle se sentait mal à l'aise.

— C'est ennuyeux qu'on ne donne pas d'*uwazôri*[2] ici, j'ai attrapé froid aux pieds.

— Eh bien, attends un peu, je vais aller t'en chercher.

2. Sorte de sandales faites de paille, d'écorce, de bambou, de joncs tressés.

Il sortit pour revenir au bout d'un certain temps avec une paire qu'il avait dû acheter assez loin.

— Je n'ai rien trouvé qui convienne tout à fait.

— Mais si, ils sont très bien et ils me tiendront chaud.

— J'aurais mieux fait de te rapporter des pantoufles.

Elle semblait très touchée et reprit pleine de gratitude :

— Je t'assure que c'est parfait. Je te remercie vraiment beaucoup.

Et, après avoir passé la soirée à écouter le *Jôruri*[3] d'Ôsaka, ils étaient rentrés chez eux.

— Tu te sentiras peut-être plus tranquille, mais si on prend Yoshiko avec nous, ça compliquera les choses. On ne pourrait pas la laisser ici pendant cinq jours ?

— Oh, tu sais, je ne tiens pas tellement à faire ce voyage. Ce sera une grosse dépense. Quand les enfants seront plus grands, on verra.

En fin de compte elle n'était pas disposée à le suivre.

— Quand les enfants seront grands, nous, nous serons trop vieux, objecta Tôru. Mais il se demandait avec inquiétude si, malade comme elle l'était, elle supporterait un long trajet.

Et même si elle avait accepté, l'aurait-il ou non emmenée avec lui ? Depuis peu il était particulièrement préoccupé et n'avait plus réellement la tête à partir en voyage d'agrément. Juste avant qu'il ne se rende à l'hôtel, pendant deux soirées, il était resté plongé dans son monde à lui et s'était trouvé bien éloigné de cette atmosphère familiale des fêtes de fin d'année.

---

3. Dans le *Bunraku* (théâtre de poupées), le *Jôruri* est la récitation chantée des drames dont les acteurs sont des marionnettes de grande taille. Le *kayû* (chanteur) est accompagné par le *shamisen*, instrument de musique à trois cordes.

La veille de son départ, sa femme, qui était en train de couper du *mochi*, lui avait brusquement demandé :

— Tu ne pourrais pas m'aider ?

Pourquoi lui avait-elle dit cela, alors que, quand il le lui proposait, elle refusait toujours, de crainte que ça ne lui donne des tremblements dans les mains. Sur le moment il n'y avait pas prêté attention.

— Tu plaisantes, j'ai autre chose à faire.

Comme il essayait de se procurer peu à peu les livres qu'il désirait lire, il était parti fureter dans les librairies avec un des enfants et elle les avait accompagnés pour faire ses courses.

A leur retour de Ginza, ils avaient bavardé dans la chambre des S... pendant au moins deux heures.

Il les croisa deux ou trois fois dans la matinée du lendemain, mais il écrivit surtout pour son journal et lut quelques revues. Il sortit avec eux dans la soirée pour aller dîner au Fûgetsu.

— Est-ce qu'on mange toujours aussi bien au Fûgetsu ?

— Je ne sais pas si c'est vrai, mais les M..., par exemple, disent que c'est le meilleur restaurant. Comme ces gens-là reviennent d'Europe, ils devraient s'y connaître en cuisine occidentale. XXX, l'acteur, y va souvent aussi.

— Eh bien moi, il y a longtemps que je n'y ai mangé.

Ils avaient fait demander un taxi. Tôru avait deviné que, depuis peu, les S... étaient assez à leur aise et heureux. Il pensait aussi que c'était parce qu'ils n'avaient pas d'enfants. Mais il estimait que ce n'était ni une chance ni une malchance d'en avoir beaucoup et que, tout simplement, tel était son destin ; et, bien qu'il ne crût pas qu'un tel destin convienne parfaitement à quelqu'un comme lui qui avait gardé trop de côtés puérils, il lui arrivait également d'avoir le sentiment que le véritable lui-même était celui à qui ses enfants causaient tant de difficultés.

Une pensée malicieuse lui vint à l'esprit :

— Et si on faisait cadeau aux S... d'une nombreuse marmaille...

Quoi qu'il en soit, devant des gens sans enfants, il ne pouvait que se sentir en état d'infériorité ; mais cela n'était vrai que pour la vie sociale et peut-être n'était-ce qu'un problème économique qui ne constituait pas l'essentiel.

Les grandes avenues de Nihonbashi et de Kyôbashi, qui se reflétaient dans les vitres de la voiture, montraient la même marée humaine que la veille au soir.

Les S... étaient des familiers du Fûgetsu. Tôru, lui, n'y était pas venu depuis plusieurs années. Bien sûr, lors du grand tremblement de terre, l'ancien bâtiment avait brûlé, mais il avait gardé l'agréable impression d'une maison qui servait d'excellentes choses à un petit nombre d'habitués. On était le trente et un décembre et il n'y avait pas grand monde. Un couple d'une quarantaine d'années et les trois enfants qui l'accompagnaient étaient en train de déguster le dîner de réveillon et ils attirèrent naturellement l'attention de Tôru. Songeant que ses enfants étaient sans doute réunis pour manger les plats que sa femme avait préparés, il lui sembla qu'il aurait pris plus de plaisir chez lui. Il se pouvait bien que l'aîné vienne faire un tour à Ginza. Il avait l'impression de s'achopper au sentiment de mélancolie de l'homme qui a un foyer. Mais, en réalité, comme il n'était pas certain d'être un homme de foyer, il n'aurait peut-être pas éprouvé autant de joie que le gentleman qu'il avait sous les yeux. Ce qui l'attachait à sa famille n'était rien d'autre que de la compassion.

— Est-ce que c'est censé être bon ? souffla-t-il à madame S... en mangeant son chou-fleur.

— Ah non alors ! Ce n'est pas bon du tout, s'exclama-t-elle avec la spontanéité d'une jeune fille.

— Pourtant, ce genre de restaurant devrait servir des plats raffinés.

Leur dîner terminé, ils parlèrent cuisine en buvant du thé près du poêle.

— L'endroit est renommé pour ses grillades, paraît-il ?

— C'est vrai, la viande y est d'excellente qualité. Moi je dis que la cuisine est bonne quand on digère facilement ce qu'on mange. A ce point de vue, ici, c'est tout à fait correct.

En sortant du restaurant, ils se dirigèrent vers Ginza. En chemin ils rencontrèrent les H..., habillés à l'européenne, comme s'ils allaient jouer une scène de théâtre moderne. Monsieur H... leur apprit que des gens qu'ils connaissaient se trouvaient au café Lion ; ils s'y arrêtèrent pour échanger quelques mots avec eux et repartirent peu après.

L'année nouvelle venait de commencer.

Tôru avait dormi un peu trop longtemps et il était en retard mais puisqu'il l'avait promis, il rentra chez lui en tram, exprès pour fêter le jour de l'an en mangeant du *zôni*. On le choisissait toujours spécialement à son intention et il aurait été malheureux s'il n'avait pu y goûter.

Les enfants avaient déjà fait la fête avec le saké parfumé et le *zôni* lorsqu'il arriva et ils achevaient de ranger la vaisselle. Sa femme, l'air exténué, ne sembla pas tellement heureuse de le voir mais elle se remit en cuisine.

Il lui demanda d'un ton mécontent :

— Qu'est-ce qui s'est passé ? Tu t'es encore disputée avec les enfants ?

Elle était en train de préparer le *zôni* et, comme cela lui arrivait souvent, son visage était légèrement bouffi et terreux mais Tôru n'y prêta pas attention. D'ailleurs, un moment plus tard, elle avait déjà meilleure mine.

Aïko, qui allait sur ses dix-sept ans, venait de sortir de la salle de bains quand, d'une voix très faible elle poussa un gémissement plaintif, s'avança jusqu'à la galerie extérieure et s'affaissa doucement. Tôru se précipita pour aider sa femme à la transporter sur son lit et à la soigner.

Celle-ci, sans manifester beaucoup de surprise, déclara :

— Ce n'est rien, un simple étourdissement.

Très vite, le visage d'Aïko reprit des couleurs et elle se mit à parler normalement. Sur ces entrefaites, un des visiteurs du jour de l'an se présenta. Sa femme l'accueillit avec amabilité, apporta le service à saké parfumé et les mets froids et servit chacun. Comme tous les ans à cette date, le logement, malgré son exiguïté, était parfaitement en ordre.

Tôru avait décidé de retourner à l'hôtel quand ce visiteur serait parti et elle l'avait approuvé :

— Mais oui, bien sûr, puisque tu as beaucoup à faire.

Il s'était aperçu qu'elle était fatiguée et il espérait qu'elle se reposerait quand il ne serait plus là, mais il dut attendre le départ d'un second visiteur pour quitter la maison. Il revint encore deux fois, pendant un court instant, pour prendre un médicament et diverses choses qu'il avait oubliés puis il se hâta vers l'avenue.

En arrivant à l'hôtel, il vit monsieur S..., assis à sa table, concentré sur ce qu'il était en train d'écrire. Il avait une expression tendue. Tôru se rendit dans sa chambre et se mit à lire une revue.

Ce soir-là, ils allèrent tous trois au théâtre de l'Empire. Tôru était soucieux mais, si Aïko n'était pas bien, on téléphonerait sans doute à l'hôtel qui le préviendrait ici. Malgré tout, c'était le nouvel an et il se sentait gagné par l'ambiance de fête qui régnait au théâtre.

Le lendemain matin il fut réveillé par la sonnerie stridente du téléphone. Il était rentré du théâtre fatigué et s'était profondément endormi. Il entendait bien vibrer cette sonnerie impatiente mais, pendant quelques instants, il n'eut pas conscience de l'endroit d'où elle provenait ; soudain, le malaise d'Aïko lui revint vaguement à l'esprit et il se glissa rapidement hors du lit pour aller décrocher l'appareil.

— Allo, allo, appela-t-il, encore à moitié endormi.

— C'est toi, papa ? C'est moi. Maman va très mal. On dirait une hémorragie cérébrale.

Il fut brusquement envahi de sombres pressentiments, mais il lui était difficile d'accepter comme ça ce mot d'hémorragie cérébrale.

— Bon, je rentre tout de suite. Appelle déjà un bon médecin.

D'une voix tremblante, il appuyait sur : bon médecin.

Il était resté relativement calme ; il se hâta de mettre son kimono, et d'enfermer dans sa serviette papiers et stylo puis il alla annoncer son départ à monsieur S... qui, déjà levé se trouvait près de la fenêtre, absorbé dans son travail.

— Ma femme vient de tomber malade et je dois partir tout de suite.

— Ah bon. Alors, vous nous quittez définitivement ?

Bien entendu, monsieur S... ne semblait pas croire que cela fût aussi grave.

Tôru téléphona de sa chambre pour demander sa note et un taxi, puis il mit son manteau et une écharpe et, d'un pas découragé, se dirigea vers l'ascenseur. Madame S... était déjà en bas ; le regard attristé, sans un mot, elle attendit qu'il se soit approché. Il avait réservé pour un séjour d'une semaine et réglé sa chambre d'avance ; on lui rendit l'argent qui lui revenait et il attendit l'arrivée du taxi.

— Vous préféreriez sans doute une petite voiture, lui dit madame S..., et elle alla voir deux ou trois fois à l'entrée de l'hôtel.

C'était un matin paisible. Les charrettes et les camions qui circulaient dans les rues portaient les traditionnelles décorations du deux janvier.

Tôru avait déjà eu une amère expérience et, quand il s'agissait de maladie, il avait pris l'habitude de faire tant d'histoires qu'il se rendait désagréable aux médecins. Aussi, même en ce moment, il ne pouvait croire que ce terme d'hémorragie cérébrale puisse s'appliquer au mal dont souffrait sa femme. Depuis sa jeunesse, il lui était arrivé à trois ou quatre reprises, soit au théâtre, dans le tramway ou ailleurs, de blêmir et de s'écrouler et il songeait que peut-être, cette fois-ci encore, quelque chose de semblable s'était produit. Malgré tout, l'impression prédominait en lui que c'était plus grave que de coutume. Et l'éclat de cette ambiance de fête dans la ville le rendait encore plus triste.

Il entra précipitamment dans la maison, jeta sa serviette sur un coussin et aperçut sa femme étendue. Madame T..., qui habitait derrière chez eux, lui avait donné des soins. Elle était couchée, les yeux fermés, mais ne dormait pas. Monsieur G..., le médecin de la famille, et monsieur T... se réchauffaient au brasero près de son bureau.

— On allait vous téléphoner pour vous dire de ne pas revenir exprès.

Personne ne paraissait inquiet et Tôru, arrêté dans son élan, se sentit tout à coup soulagé, mais il lui semblait impossible d'être tout à fait optimiste.

— Ah bon, alors il n'y a pas de souci à se faire ?

— Mais non, elle va bien. Si on la laisse tranquille, ça va se calmer, répondit le docteur G... d'un ton désinvolte.

Pourtant Tôru ne se sentait pas rassuré. Assis là, près du brasero et, tout en parlant de ce qui s'était passé à l'hôtel, il demandait de temps à autre au médecin :

— Vous êtes sûr qu'il n'est pas nécessaire d'appeler un spécialiste ?

— Inutile, c'est comme d'habitude, il n'y a rien à craindre.

Tôru connaissait parfaitement le terrible danger que présentait l'hémorragie cérébrale mais il ne croyait pas que le diagnostic en soit si difficile. Voici donc ce qui s'était passé : le matin sa femme avait rangé la vaisselle puis s'était assise à côté du brasero comme elle le faisait toujours ; elle avait éternué et avait ressenti une douleur aiguë dans la tête, elle s'était alors mouchée et la douleur s'était amplifiée. En même temps, son visage avait changé de couleur et elle avait paru sur le point de s'effondrer. Un des enfants s'était précipité mais, lorsqu'il avait voulu la soutenir par derrière, elle était déjà évanouie.

Bien qu'angoissé par l'état de sa femme qui, tantôt portait ses mains à la nuque, tantôt se plaignait d'avoir mal entre le nez et les oreilles, Tôru conservait une confiance relative dans le docteur G... Elle disait sentir comme des aiguilles crissantes lui pénétrer dans l'arrière du crâne et cela lui faisait songer à l'hémorragie cérébrale mais, puisqu'elle parlait et remuait les mains, il pensait que, malgré tout, il pouvait se fier au jugement du médecin.

— Eh bien, je crois qu'on peut la laisser comme ça jusqu'à ce soir, dit ce dernier. Et il partit peu de temps après.

Tôru s'était approché du lit de la malade :

— Comment te sens-tu ?

Elle avait posé ses mains sur ses tempes et sur ses yeux douloureux :

— C'est différent de ce que j'éprouve d'habitude, murmura-t-elle.

Tôru eut l'intuition quasi certaine qu'il s'agissait bien d'une hémorragie cérébrale.

— Va vite chercher le professeur M..., ordonna-t-il à l'aîné.

Le garçon s'apprêtait à sortir quand, soudain, elle sembla dire quelque chose pour l'en empêcher. Et en même temps, elle demanda à aller à la selle.

— Bon, attends un peu, dit Tôru à son fils.

Il fit apporter le bassin par la bonne.

— Reste comme ça. C'est moi qui vais m'occuper de toi. Il ne faut pas bouger.

Pendant qu'il parlait, elle se releva à demi et, le visage tordu de douleur, fit signe qu'elle voulait vomir. Juste au moment où l'on apportait une petite cuvette, de vilaines choses de couleur brunâtre s'écoulèrent mollement de sa bouche. Et, quand ce fut terminé, elle dit :

— C'est fini pour moi.

Ses joues se mirent à trembler et elle s'affaissa sur l'oreiller. Elle bredouilla encore quelque chose. Ses yeux se révulsèrent.

Voyant cela, Tôru se rendit compte de la réelle gravité de son état.

— Vite, le docteur M... et appelle aussi le docteur G....

Le docteur G... arriva le premier et fit une piqûre ; un instant plus tard, le professeur M... accourut en toute hâte mais il n'y avait plus rien à faire. Elle survécut peut-être encore une heure et ce fut le terme de sa vie.

Ecrit en avril de la quinzième année de l'ère Taishô (1926).

Traduit et présenté par Claude Péronny.

YOKOMITSU Riichi

La mouche

(Hae)

« A cette époque, je plaçais le symbolisme en art au-dessus de tout ; j'estimais que le beau se trouvait bien plus dans le symbolisme de la composition que dans la description réaliste. Ce fut en d'autres termes une période d'épanouissement d'un romantisme où je rêvais à un art littéraire qui fût l'égal de l'art de la sculpture. »

C'est à cette période de création que définit ainsi Yokomitsu Riichi (1898-1947) qu'appartient La mouche *qui avec* Nichirin (Le cercle solaire) *consacre ses débuts d'écrivain : publiés en 1923, ces deux récits apparaissent déjà comme un brillant défi lancé à la langue et à la littérature japonaises. En octobre 1924, il fonde avec quelque dix autres jeunes écrivains, dont Kawabata Yasunari, la revue* Bungeijidai (L'époque littéraire). *Dans le premier numéro il publie* Atama narabini hara (La tête aussi bien que le ventre) *: on parle aussitôt de « la naissance du Néo-sensationnisme ». Ses œuvres évoquent en une insolite mosaïque d'impressions et de sensations l'insignifiance et la précarité de la destinée humaine, thème cher entre tous aux écrivains de l'époque Taishô.*

Yokomitsu ne cesse d'innover et de surprendre : avec Kikai *(1930,* Machine*) puis* Shin.en *(1930-32,* Le jardin de sommeil*) et* Monshô *(1934,* Les armoiries*), il aborde le genre du récit psychologique, traduisant en phrases longues les méandres et la multiplicité des voix intérieures. C'est alors qu'on le surnomme, avec peut-être une pointe d'ironie : « le dieu du roman ». On a, depuis, souvent cité les noms de Proust et de Joyce dont les premières traductions commençaient à être diffusées : le contact que Yokomitsu dut avoir avec ces auteurs, n'a pu que stimuler son audace et sa fougue.*

Après un voyage en Europe (1936), il commence à rédiger Ryoshû *(1937-46,* La tristesse du voyage*), long roman où il expérimente encore une matière nouvelle : s'attachant au problème de la confrontation, de l'opposition Orient-Occi-*

dent, il tente ici de légitimer la supériorité de la tradition japonaise.

L'extrémisme des positions qu'il défendit dans ces dernières années reste sujet à critique, mais la hardiesse et la diversité de son œuvre lui valent toujours d'être considéré comme l'un des grands noms de la littérature japonaise moderne.

I

En ce jour de plein été, le relais était désert. Dans un coin de l'écurie obscure, prisonnière d'une toile d'araignée, une mouche aux yeux énormes se balançait — seul et unique mouvement — tout en déchirant la toile de ses pattes arrières. Et ploc ! Elle dégringola comme un petit pois. Profitant alors d'une paille dont l'extrémité pointait au travers du tas de crottin, elle grimpa jusque sur le dos du cheval mis à cru.

II

Un brin de foin entre les molaires, le cheval cherchait des yeux le vieux cocher voûté comme un chat qui fait le gros dos.

Devant la boutique de brioches chinoises voisine du relais, le cocher qui jouait au shôgi venait de se faire prendre sa troisième pièce de suite.

— Et quoi ! Arrête de pleurnicher ! Encore un tour !

Glissant alors de l'auvent, des rayons de soleil bondirent de sa hanche sur son dos voûté comme un ballot bien rond.

III

Sur la place déserte du relais, une paysanne arriva en courant. Au petit jour, elle avait reçu un télégramme de son fils employé à la ville : il était mourant. Elle avait alors couru tout le long des sentiers détrempés par la rosée, couru pendant trois lieues.

— Le coche, c'est-i' pas encore ?

Elle jeta un coup d'œil dans la loge du cocher, mais son appel resta sans écho.

— Le coche, c'est-i' pas encore ?

Sur les *tatamis* déformés, un godet était renversé ; pâle comme du saké, le filet d'un mauvais thé s'en écoulait tranquillement. Désemparée, elle tournicota sur la place ; s'arrêtant près de la boutique de brioches, elle appela à nouveau :

— Le coche, c'est-i' pas encore ?

— Il est parti l'aut' moment.

C'est la patronne de la boutique de brioches qui avait répondu.

— Parti qu'vous dîtes ? Le coche s'rait déjà parti ? Mais quand donc ? Si seulement j'serais arrivée un p'tit peu plus tôt ! Mais y en aura t'i' point un autre ?

Ses plaintives lamentations eurent tôt fait de se transformer en sanglots. Mais après être restée un moment, les joues ruisselantes de larmes, plantée au beau milieu du chemin, elle se mit à marcher d'un pas décidé en direction de la ville.

— J'vais avancer l'deuxième !

lui lança le cocher au dos rond sans même lever les yeux de l'échiquier. S'arrêtant net, la paysanne fit volte-face en haussant ses maigres sourcils :

— I'va partir ? De suite qu'i' part ? C'est qu' mon p'tit est en train d'se mourir. C'est-i' qu' j' pourrai arriver à temps ?

— Ah ah ! Tu sors le cavalier !

— Comme j'suis contente ! Jusqu'à la ville, combien qu'c'est qu'on peut mettre ? Quand c'est qu'vous l'faites partir ?

— J'avance le deuxième.

Le cocher joua son pion.

— Ah ? I'va partir ? Jusqu'à la ville, i' faut ben trois heures, non ? C'est trois bonnes heures qu'i' faut. C'est qu' mon p'tit est en train d' se mourir. C'est-i' qu' j' pourrai arriver à temps ?

IV

Depuis la nappe de chaleur qui planait à la lisière des champs parvenait l'écho du fléau sur les lotus en graines. Le garçon et la fille se hâtaient en direction du relais. La fille toucha le fardeau juché sur les épaules du garçon.

— Je vais le porter.

— Qu'est-ce que tu racontes !

— Mais ça doit commencer à peser.

Sans dire mot, le garçon fit celui qui ne sentait rien. Mais la sueur qui coulait de son front avait un goût amer.

— Je me demande si le coche est déjà parti, murmura la fille.

Plissant les yeux sous son fardeau, le garçon regarda le soleil.

— Il commence à faire chaud ! Pas encore, sûrement.

— A cette heure, quelqu'un doit déjà être à nos trousses.

Le garçon se taisait.

— M'man doit pleurer, c'est sûr.

— On est maintenant à deux pas du relais.

Tous deux finirent par garder le silence. Une vache meugla.

— Si on nous retrouve, qu'est-ce qu'on va faire ?

Elle était au bord des larmes. Seul l'écho du fléau sur les lotus les poursuivait, étouffé comme un bruit de pas.

La fille se retourna un peu, puis à nouveau toucha le fardeau juché sur les épaules du garçon.

— Laisse-moi le porter. Je n'ai plus mal aux épaules maintenant.

Sans rien répondre, le garçon continuait à marcher à grands pas. Puis brusquement, entre ses dents :

— Si on nous retrouve, on n'aura qu'à fuir plus loin !

V

Sur la place du relais arriva en suçant son pouce un petit garçon que sa mère tirait par la main.

— M'man, dada !

— Oui oui dada.

Dégageant sa main, le petit garçon courut à l'écurie. Et là, tandis que du dehors, à quelques mètres de distance, il observait le cheval, il se mit à crier : « Hue, hue ! » en frappant le sol du pied.

Le cheval leva l'encolure en pointant les oreilles. Singeant l'animal, le petit garçon étira le cou, mais ses oreilles ne bougèrent pas. Exécutant alors devant le cheval toutes les grimaces de son répertoire, il cria à nouveau : « Hue, hue ! » en frappant le sol.

Poussant de sa bouche l'anse de la mangeoire, le cheval y enfouit la tête et se remit à manger son fourrage.

— M'man, dada !

— Oui oui dada !

VI

— Flûte ! Attends voir ! V'là quc t'as oublié d'ach'ter les socques du fiston ! Oh ! et puis, le p'tit aime la pastèque, alors ça f'ra tout aussi bien l'affaire. Comme j' crache pas d'sus non plus, on s'ra tous les deux gagnants.

Le Monsieur de la campagne venait d'arriver au relais. Il allait sur ses quarante-trois ans. Trente-trois années durant il s'était battu avec la misère, et ça n'avait pas été peine perdue : la veille au soir, enfin, il avait empoché huit cents yens pour une transaction sur des vers à soie de printemps. A l'heure présente, son cœur débordait de projets d'avenir. La veille, comme il s'était rendu aux bains publics, il avait serré la liasse des huit cents yens dans une sacoche qu'il avait gardée avec lui même pour aller se laver ; on s'était gaussé de lui, mais sa mémoire n'en gardait pas la moindre trace.

Quittant son banc, la paysanne se précipita vers lui.

— Quand c'est-i' donc qu' le coche va partir ? Mon garçon est en train d' se mourir et i' faut que j' me hâte si j' veux point l' trouver froid.

— Quel malheur !

— C'est bientôt qu'i' va partir, pour sûr. On part bientôt qu'il a dit tout à l'heure.

— Qu'est-ce qu'il peut bien fabriquer alors !

Le garçon et la fille pénétrèrent dans le relais. La paysanne se jeta à leurs devants.

— Vous v'lez p't' être prendre le coche ? Mais c'est qu'i' n' part point !

— I' n' part pas ? répéta le garçon.

— Il ne part pas ? dit la fille.

— Ça fait déjà deux heures que j'me languis mais i' n' part point. Jusqu'à la ville, i' faut ben trois heures, quelle heure i' peut être maint'nant ? Ça s'rait-i' déjà neuf heures ? Ça s'ra bien l' midi quand on arrivera en ville !

— L'midi, assurément, intervint le Monsieur de la campagne.

La paysanne se retourna d'un bloc :

— L' midi ! ? A c' t' heure-là, i' s'ra déjà mort ! L' midi !

Et tout en parlant, elle se remit à pleurer. Sur ce, elle courut droit à la boutique de brioches :

— C'est-i' point encore l'heure ? Le coche, i' n' va donc jamais partir ?

Allongé l'échiquier sous la nuque, le cocher au dos rond tourna la tête vers la patronne de la boutique qui nettoyait les clayons :

— Les brioches, elles sont point encore cuites ?

VII

A quelle heure le coche allait-il donc partir ? La sueur des gens réunis au relais sécha. Mais à quelle heure le coche allait-il donc partir ? Personne n'en savait rien. Une seule et unique chose, pourtant, aurait peut-être pu le dire : c'était les brioches qui, dans la marmite de la boutique, commençaient doucement à gonfler. Car, pour le cocher au dos rond de ce relais, tâter le tout premier les brioches encore chaudes auxquelles personne encore ce jour-là n'avait touché, constituait la suprême et quotidienne jouissance de cette longue vie de célibat à laquelle le vouait sa maniaquerie.

VIII

Dix heures sonnèrent à l'horloge du relais. Le couvercle de la marmite où cuisaient les brioches se mit à clapoter avec des jets de vapeur.

Zzac, zzac, zzac : le cocher au dos rond coupa du foin. A ses côtés, le cheval s'abreuva longuement.

IX

Le cheval fut attelé à la voiture. La paysanne s'y engouffra la toute première ; dès lors, ses yeux restèrent braqués en direction de la ville.

— En voiture s'i' 'ous plaît ! dit le cocher.

Montant avec précaution sur le marchepied tout de guingois, les cinq autres voyageurs commencèrent à s'installer à côté de la paysanne.

Le cocher au dos rond enfouit dans la poche de son tablier les brioches gonflées comme de la ouate qui étaient rangées sur les clayons ; grimpant sur son siège, il arrondit le dos. La corne retentit. Le fouet claqua.

La mouche aux yeux énormes s'envola des exhalaisons qui s'élevaient de la croupe du cheval. Elle vint se poser sur le toit de la voiture ; se reposant de la lutte qu'elle avait dû mener peu de temps auparavant pour arracher sa vie à la toile d'araignée, elle allait cahin-caha avec le coche.

Le coche filait à train d'enfer sous le ciel de feu. Il enfila des rangées d'arbres, longea d'interminables champs de haricots et tout en cahotant entre les champs de lin et de mûriers, s'engouffra dans la forêt ; le reflet inversé des vertes frondaisons vacilla sur le front du cheval à présent trempé de sueur.

X

A l'intérieur du coche, la volubilité du Monsieur de la campagne eut tôt fait de dégeler la compagnie : ils avaient l'impression de se connaître depuis cinq ans. Mais, la main serrée autour d'un montant, le petit garçon, abandonné à lui-même, ne se lassait pas de regarder la campagne de ses yeux candides.

— M'man, poipoires !

— Oui oui poipoires.

Sur le siège du cocher, le fouet restait inerte. La paysanne jeta un coup d'œil sur la chaîne qui pendait à la ceinture du Monsieur.

— Quelle heure i' peut ben être maint'nant ? Le midi s'rait-i' déjà passé ? C'est qu'on arriv'ra donc point à la ville avant l'midi sonné !

Sur le siège du cocher, la corne restait muette. Ayant proprement fait descendre dans la poche de son estomac toutes les brioches de son tablier, le cocher se mit à somnoler, le dos encore plus arrondi. Rien ne troublait sa douce torpeur ; du haut du coche, la mouche aux yeux énormes contemplait les vergers de poiriers en terrasses écrasés de silence ; ses yeux se levaient vers la falaise ocre qui rutilait dans le soleil de ce plein été, ou s'abaissaient vers le torrent surgi sans crier gare ; elle écoutait grincer et bringuebaler le coche dans les ornières du chemin en bordure du précipice. Or, parmi les voyageurs, nul apparemment ne savait que le cocher était assoupi si ce n'est cette unique petite mouche. Du toit de la voiture, la mouche vint se poser sur la tête grisonnante du cocher qui pendait sur sa poitrine, puis elle fit une pause sur le dos du cheval dont elle lécha la sueur.

Le coche se rapprochait du sommet de la falaise. Suivant le chemin tel qu'il défilait entre ses œillères, le cheval, docile, amorça un virage. Or, il n'était pas alors en mesure d'apprécier la différence entre la largeur de son poitrail et celle de la voiture. L'une des roues quitta le chemin. Tout d'un coup le cheval se cabra, entraîné par la voiture. Hop ! La mouche s'envola : le ventre du cheval qui, jambes par dessus tête, dévalait la falaise avec la voiture effleura son regard. Des cris et des hennissements de terreur déchirèrent l'air : au fond de la ravine gisait dans un silence écrasant une informe bouillie d'humains, de cheval et de planches. Mais, de toute la force de ses ailes à présent pleinement reposées, la mouche, légère et solitaire, s'envola dans l'azur.

Traduit et présenté par Edwige de Chavanes.

SHIGA Naoya

Le rasoir

(Kamisori)

Cette nouvelle, publiée en 1913, ne semble pas exceptionnellement représentative de la « couleur » propre de l'ensemble de l'œuvre. Shiga n'a alors que trente ans. Il collabore à la jeune revue Shirakaba, *non sans garder quelque distance, ainsi qu'il nous le confiait au cours d'un entretien en 1957. L'écrivain racé, à la distinction un peu gidienne, qui devait être de plus en plus requis par l'intérêt porté à son Moi et invinciblement ramené au récit — largement autobiographique — à la première personne du singulier, paraît encore ici tributaire des premières influences — japonaises ou étrangères — subies. L'attention on n'ose dire : passionnée — tant la conduite, le rythme, l'expression frappent toujours chez Shiga par une retenue, un ton neutre, une distance qui n'excluent ni vibration ni sympathie en profondeur —, attention vive en tout cas, aiguë, minutieuse prêtée aux mécanismes psychologiques et au mystère des comportements trahit la fréquentation des « Naturalistes » et de Tolstoï entre autres.* Le rasoir *est un récit sobre, bien conduit, peut-être — selon nous — d'un schématisme encore un peu « scolaire » : de là sans doute cette confidence de 1957 selon laquelle l'auteur ne portait plus alors le moindre intérêt à ces récits de jeunesse, réservant tout son attachement au roman de* An'ya kôro.

Par extraordinaire, Yoshisaburô, barbier à Roppongi, dans le quartier d'Azabu [1], à l'enseigne du « Dragon », dut s'aliter avec la grippe — juste avant la fête d'automne des Mânes Impériaux, alors qu'il était débordé de travail à cause des militaires ! Et, dans son lit, Yoshiburô se disait, pensant aux deux aides qu'il avait congédiés un mois plus tôt : « Si seulement j'avais le Gen et le Jita !... »

Bien sûr, il était leur aîné d'un an ou deux... N'empêche qu'il avait été comme eux, ici même, un simple commis, jusqu'au jour où, ébloui par son tour de main, le patron, arrêtant son choix sur lui, lui avait donné sa fille et s'était retiré en lui laissant son fonds. Secrètement épris de la jeune fille, Gen avait bientôt quitté la maison, tandis que le brave Jita rectifiait en « Patron »

1. Azabu : à Tokyo. Roppongi est un carrefour important.

son ancien « M'sieu Yoshi », sans rien changer à ses habitudes de travail.

Six mois plus tard, Yoshisaburô perdait son beau-père ; six mois encore et sa belle-mère, à son tour, disparaissait.

Pour le maniement du rasoir, Yoshisaburô était véritablement un as. D'une exigence, aussi, prompte à s'irriter. Préalablement palpée, la peau était-elle tant soit peu rugueuse ? Il eût été mécontent de lui s'il n'avait enlevé les poils un par un jusqu'au dernier. Jamais, cependant, il ne lui arrivait d'endommager un épiderme. « Barbe faite par Yoshisaburô, disaient les clients, dure un jour de plus qu'ailleurs. » Et il était fier de penser qu'en l'espace de dix ans, il n'avait à son passif aucune, ce qu'on appelle aucune, estafilade.

Gen était parti depuis environ deux ans, quand, un beau jour, on l'avait vu, comme ça, reparaître. En écoutant ses excuses, Yoshisaburô s'était senti obligé — ne fût-ce qu'en souvenir de leur camaraderie passée — de redonner du travail à son ancien compagnon. Seulement, au cours de ces deux ans, Gen était devenu un assez mauvais sujet. Il rechignait à l'ouvrage. Et puis, tantôt ici, tantôt là, il entraînait Jita dans des dévergondages avec des créatures douteuses, des filles à soldats des parages de Kasumi-chô. Pour finir, à force de travailler l'honnête Jita, il l'avait même amené à puiser dans la caisse... Apitoyé, Yoshisaburô, à maintes reprises, avait bien tenté de ramener Jita à la raison ; mais l'argent ayant continué à disparaître, il en avait été réduit, un mois plus tôt, à mettre les deux compères à la porte.

Il employait à présent un garçon de vingt ans à la figure blême, étonnamment dépourvu d'énergie : Kanéjirô, — et Kin, un gamin de douze ou treize ans, au crâne effroyablement dolichocéphale. Avec ces deux-là, en cette veille de fête où la besogne ne manquait pas, on piétinait littéralement. Et Yoshiburô, allongé dans son lit, le corps fiévreux et endolori, rongeait son frein.

Aux approches de midi, la clientèle afflua. Tirée, repoussée, la porte vitrée claquait sans arrêt ; Kin raclait la terre avec ses socques de bois dont les supports avaient pris du jeu : autant de bruits, autant de secousses pour les nerfs à vif du malade.

De nouveau, la porte vitrée s'ouvrit :

— C'est de la part de M. Yamada, de Ryûdo, fit une voix de femme. Comme monsieur part en voyage demain dans l'après-midi, voudriez-vous affiler ça pour ce soir ? Je reviendrai moi-même le prendre.

— C'est que nous avons pas mal de monde aujoud'hui, fit la voix de Kanéjirô. Demain matin, est-ce que ça n'irait pas ?

La femme parut hésiter un peu.

— Alors, sans faute, n'est-ce pas ? dit-elle en fermant la porte qu'elle rouvrit aussitôt :

— Excusez-moi, mais c'est le patron qui devra le faire, n'est-ce pas ?

— C'est que... le patron..., fit Kanéjirô.

Yoshisaburô coupa net :

— Kané ! Bien sûr que je vais le faire ! hurla-t-il de son lit. Sa voix était aiguë, mais éraillée.

— Alors, c'est entendu, fit seulement Kanéjirô.

La porte se referma ; la femme devait être partie.

— Garce de vie ! murmura Yoshisaburô en sortant ses bras légèrement bleuis par la doublure sombre de son vêtement de nuit et qu'il resta un moment à fixer intensément.

Cependant, son corps miné par la fièvre lui semblait aussi lourd qu'un bronze. Comme fasciné, il se mit à contempler au plafond le chien porte-bonheur en carton-pâte, tout noirci de fumée et couvert de mouches immobiles.

Sans chercher précisément à les surprendre, il prêtait l'oreille aux conversations de la boutique. Deux ou trois soldats discutaient des mérites respectifs des gargotes du voisinage, — d'où ils passèrent à l'ordinaire de la caserne. « Quelle saleté ! disaient-ils entre autres ; heureusement, avec le temps plus frais de ces jours-ci, c'est devenu un peu plus mangeable... »

Tandis qu'il écoutait ces bavardages, il se sentit un peu mieux. Au bout d'un moment, il se retourna péniblement dans son lit. Le jour déclinait. Dans la lumière blafarde qui entrait par la porte de la cuisine, face à la petite chambre de trois nattes, O-Umé, sa femme, le marmot ficelé à califourchon sur son dos, préparait le repas du soir. Lui, se sentant plus léger, savourait ce mieux-être et la regardait. « Profitons-en, se dit-il ; allons-y ! » Et il s'assit pesamment ; mais la tête lui tourna et il resta quelque temps le visage enfoui dans son oreiller.

— Veux-tu faire un besoin ?, demanda gentiment O-Umé qui entra, laissant pendre devant elle ses mains mouillées. « Non ! », voulut répondre Yoshisaburô, mais aucun son ne franchit ses lèvres. Déjà O-Umé relevait la courtepointe et rassemblait, au chevet du lit, crachoir et flacons de médicaments.

— Non ! Non !, fit-il encore, mais l'enrouement de sa voix empêcha O-Umé de rien saisir. Et alors que peu à peu il retrouvait son humeur normale, de nouveau l'irritation le prit.

— Faut-il te soutenir par derrière ?

O-Umé, pleine d'attentions, se glissa derrière lui.

— Apporte le cuir, avec le rasoir de M. Yamada !, lança brutalement Yoshisaburô.

O-Umé resta un moment sans rien dire.

— Tu vas pouvoir l'affûter ?

— Ne t'inquiète pas ! Apporte !

— Si tu restes assis, il faut mettre une couverture ou quelque chose sur tes épaules !

— Assez ! Apporte ce que je t'ai dit, et vite, à la fin !

Il se contenait relativement, mais la moutarde lui montait au nez. O-Umé fit semblant de rien, mais sortit un surtout de nuit molletonné et, de derrière, le jeta sur le dos de son mari assis en tailleur sur sa couche. Yoshisaburô, comme on fait passer une charge par-dessus l'épaule, empoigna le col du vêtement et, d'une torsion brutale, l'arracha.

O-Umé, sans mot dire, fit glisser un panneau de la cloison coulissante, descendit sur le carré de terre nue de la boutique, prit le cuir, le rasoir et revint. Et comme on ne pouvait nulle part accrocher l'œillet du cuir, elle planta un piton dans le pilier de bois, derrière la tête du lit.

En temps normal déjà, quand il ne se sentait pas bien, Yoshisaburô se disait incapable d'affiler proprement une lame ; mais aujourd'hui que sa main tremblait de fièvre, il était absolument hors d'état de faire ce qu'il voulait. Le voyant si nerveux, O-Umé n'y tint plus.

— Il vaudrait mieux donner ça à Kané, tenta-t-elle à plusieurs reprises de lui suggérer, sans obtenir la moindre réponse.

Cela finit pourtant par être au-dessus de ses forces. Au bout d'un quart d'heure peut-être, avec la mine d'un homme complètement épuisé, il se recoucha, fut pris aussitôt de somnolence et fintit par s'endormir tout à fait.

A la tombée du jour, la bonne des Yamada, revenant de courses, entra en passant et emporta le rasoir.

O-Umé avait préparé de la bouillie de riz et voulut en faire prendre à son mari, avant qu'elle ne fût refroidie. Mais devant son sommeil exténué, et certaine que le réveiller ramènerait sa mauvaise humeur, elle y avait renoncé. Vers huit heures, comme il se faisait tard et que le moment des remèdes risquait à son tour d'être décalé, non sans peine et à force de le secouer, elle le réveilla. Yoshisaburô, de meilleure grâce cette fois, se mit sur son séant et dîna. Puis, à peine recouché, il sombra à nouveau dans un sommeil profond.

Un peu avant dix heures, elle le réveilla encore pour lui faire prendre une potion.

Cette fois, complètement abruti, Yoshisaburô ne sort pas de sa somnolence. Son haleine fiévreuse frappe le bord de la couverture qu'il a ramenée sur ses yeux et reflue sur son visage, lui causant une sensation désagréable. La boutique est maintenant silencieuse. Il promène autour de lui un regard atone.

Au pilier de bois, le ruban de cuir pend tranquillement, tout noir. Pénombre : la lampe diffuse une lumière sale, d'un horrible jaune pisseux. Elle éclaire le dos de O-Umé qui, dans un coin, donne le sein au petit. L'impression que la chambre tout entière est en proie à la fièvre...

— Patron ! ... Patron !...

Craintive, la voix de Kin arrivait du seuil, entre chambre et boutique.

— Quoi ? répondit Yoshisaburô, la bouche toujours enfouie sous la couverture. Etouffée, sa voix déjà enrouée ne parvint sans doute pas jusqu'à l'autre, qui répéta : « Patron ! »

— Qu'est-ce que c'est ? — Cette fois, la voix était claire et aigre.

— C'est encore pour le rasoir de M.Yamada.

— Un autre ?

— Le même que tout à l'heure. Il l'a tout de suite essayé, mais il coupe trop mal. Alors, comme il peut le laisser jusqu'à demain midi, il vous prie d'y jeter encore un coup d'œil et de le lui faire rapporter.

— Sa domestique est encore là ?

— Elle vient de partir.

— Donne.

Yoshisaburô allongea le bras sur la courtepointe et prit le rasoir, encore dans son étui de maroquin, que Kin, accroupi à quatre pattes, lui tendait.

— Ta main tremble de fièvre, fit O-Umé ; ne vaudrait-il pas

mieux demander à M. Yoshikawa, de Kasumi-chô ? Ce disant, elle s'était approchée tout en rajustant sur sa poitrine les bords écartés de son vêtement. Yoshisaburô, sans un mot, étendit le bras, donna plus de mèche à la lampe, sortit la lame de son étui et l'expérimenta, la passant et repassant sur sa paume. O-Umé, assise au chevet du lit, voulut poser la main sur le front de son mari. L'air agacé, il l'écarta de son bras resté libre.

— Kin !

— Voilà ! répondit l'autre accroupi à côté sur un pan de la couverture.

— Apporte-moi la pierre !

— Tout de suite !

La pierre en place, Yoshisaburô s'assit et, un genou relevé, commença l'affûtage. Dix heures, mollement, sonnèrent. O-Umé, sûre qu'elle perdrait son temps à vouloir placer un mot, restait assise en silence et regardait.

Quand il en eut fini avec la pierre, il passa la lame sur le cuir. On eût dit que l'air stagnant de la pièce se mettait un peu en branle au chuintement rythmé de l'affûtage.

Yoshisaburô maîtrise ses mains qui tremblent ; il cherche son rythme, mais il a beau faire ; ça ne marche pas à son gré. Tout à coup, le piton de fortune planté par O-Umé saute, et le ruban de cuir, voltigeant, vient s'enrouler autour du rasoir. O-Umé laisse échapper un cri : « Attention ! » — et regarde avec effroi le visage de son mari dont les sourcils tressaillent nerveusement. Lui, détortille le cuir, le jette par terre, se dresse et, le rasoir à la main, prend délibérément le chemin de la boutique, couvert de son seul vêtement de nuit.

— Voyons ! C'est de la folie !... O-Umé, des larmes dans la voix, essaie de l'en empêcher : peine perdue. Yoshisaburô, sans un mot, disparaît dans la boutique où, sans le lâcher, sa femme descend aussi.

Pas un client. Kin seul rêvasse dans un fauteuil, devant la glace.

— Où est Kané ? demande O-Umé.

— Il est allé tourner autour de la Tokiko, répond Kin avec un profond sérieux.

— Oh ! Il a vraiment dit ça ? fait-elle en éclatant de rire.

Yoshisaburô, lui, garde sa mine revêche.

La Tokiko en question est une drôle de fille qui, cinq ou six maisons plus loin, tient une boutique — dit l'enseigne — de « fournitures diverses pour militaires ». On la dit ancienne étudiante. Du matin au soir, pas une minute où l'on ne voie, installés dans sa boutique, étudiants ou jeunes gens du voisinage.

— On va fermer ; va le chercher ! ordonne O-Umé à Kin.

Pourquoi Yoshisaburô s'y oppose-t-il ?

— Il est trop tôt !, dit-il ; ce qui ne tient pas debout. O-Umé n'insiste pas.

Yoshisaburô reprend l'affûtage. Il se sent bien mieux qu'assis.

O-Umé va chercher une vareuse molletonnée. Avec les mots dont on amadoue un enfant, elle lui en fait, non sans peine, enfiler les manches ; puis, rassurée enfin, s'assied sur la marche de la chambre, épiant le visage de son mari qui affûte, affûte avec la dernière énergie.

Kin, sur la banquette des clients, près de la fenêtre, un bras autour du genou, passe et repasse un rasoir, de haut en bas, de bas en haut, le long de sa jambe pourtant sans poils.

C'est alors que la porte s'ouvrit et qu'avec une gaieté bruyante, entra un jeune gars de vingt-deux ou vingt-trois ans, de petite taille. Il portait un kimono de demi-saison, en cotonnade, flambant neuf, la ceinture nouée au beau milieu du ventre [2] ; aux

2. Ce qui est une hérésie choquante : la ceinture doit être nouée vers la droite.

pieds, des socques de plein bois, à moitié enfilées, dont l'attache antérieure comprimait abominablement le pied.

— Passez-moi un coup de lame, commença, rapidement, je vous prie, dit-il et, se plantant devant la glace, le voilà à se mordre la lèvre inférieure, à pointer le menton, à ne cesser de se caresser le bas de la figure du bout de ses doigts bien joints. Dans sa façon de parler, il affectait le ton du citadin dernier cri, mais son accent trahissait le campagnard. Les doigts aux articulations noueuses, le visage basané, tout en creux et en bosses, dénonçaient l'homme occupé dans la journée à de dures besognes.

— Vite ! Va chercher Kané !

Les yeux d'O-Umé, autant que sa voix, étaient impératifs.

— Non ! Moi, je m'en vais le faire !

— Mais ta main tremble aujourd'hui...

— Je vais le faire !, coupa aigrement Yoshisaburô.

— Décidément, quelque chose ne va pas, murmura O-Umé.

— Ma blouse !

— Après tout, c'est une barbe simple : les cheveux ne vous saliront pas ; allez-y comme ça.

Et O-Umé ne voulut pas qu'il retirât sa vareuse.

Le jeune homme les regardait l'un après l'autre, décontenancé.

— Vous êtes malade, patron ?, fit-il en plissant obséquieusement ses petits yeux caves.

— Un peu de grippe...

— Il y a beaucoup de mauvaises grippes en ce moment, à ce qu'on dit. Faites très attention !

Yoshisaburô répondit un « Merci ! » de pure forme, et lui passa une serviette blanche autour du cou.

— Un coup rapide suffira, répéta l'homme, qui ajouta avec un sourire entendu : Parce que je suis un peu pressé... Vous me comprenez...

Yoshisaburô, bouche close, se passait sur le gras du bras la lame qu'il venait d'affiler, pour la « faire ».

— Dix heures et demie ? Bon. Ça pourra aller pour onze et demie, insista l'autre dans l'espoir de tirer quelque commentaire.

A l'instant une image s'imposa à l'esprit de Yoshisaburô : celle d'une ignoble pensionnaire de lupanar de bas étage, de ces créatures dont la voix n'a pas de sexe. A la pensée que ce nabot vulgaire, en sortant d'ici, s'en irait là, des visions qui lui donnaient la nausée se succédaient dans sa cervelle déprimée. Il étendit le savon avec de l'eau complètement refroidie, barbouillant du menton aux pommettes, d'un blaireau volontairement dur. Le jeune homme ne s'en évertuait pas moins à regarder dans la glace son visage qui y apparaissait par intermittence. Yoshisaburô avait grande envie de lui cracher à la face quelques méchancetés bien senties.

Une fois de plus, le rasoir passe, passe, en chuintant, sur le cuir, et Yoshisaburô se met au travail, en commençant par la gorge. La lame ne coupe vraiment pas à son goût ; sa main tremble. Pour tout arranger, — et maintenant que le voilà debout, c'est bien pis que couché —, à peine se penche-t-il que son nez se met à couler. Il interrompt bien son travail, de temps à autre, pour se moucher ; mais à l'instant, il est pris d'un chatouillement au bout du nez, où s'arrondit une goutte qui paraît toujours sur le point de tomber.

On entend le marmot crier dans la maison ; O-Umé quitte la pièce.

D'être rasé avec un rasoir qui coupe mal n'empêche aucunement l'homme de garder un visage impassible. Cela ne paraît lui faire ni chaud ni froid. Pareille apathie rend Yoshisaburô fou d'exaspération. Ce n'est pas qu'il manque de rasoirs qui coupent bien et faits à sa main ; mais quant à vouloir en changer, il s'y refuse : inutile de se tracasser pour un client comme ça. Toutefois, inconsciemment, il s'applique, comme à l'ordinaire. Ne pas s'acharner contre la moindre rugosité, il ne le peut ; et plus il s'acharne, plus la bile s'accumule en lui. La fatigue, peu à peu, gagne son corps, gagne son esprit. La fièvre aussi paraît monter sensiblement.

Le jeune homme, au début, avait essayé de parler de choses et d'autres ; mais intimidé par la mauvaise humeur de Yoshisaburô, il n'avait plus ouvert la bouche.

Quand vient le moment de lui raser le front, écrasé de fatigue par les durs travaux du jour, il pique un somme. Kin, adossé à la fenêtre, s'est lui aussi assoupi. Même dans la maison où s'est tue la voix qui berçait l'enfant règne à présent un profond silence. Dedans, dehors, la nuit est devenue parfaitement calme. On n'entend plus que le grattement du rasoir.

L'irritation sourde et prête à éclater de Yoshisaburô a disparu : il est à présent au bord des larmes, et complètement épuisé. Il voit trouble, comme si la fièvre avait liquéfié le dedans de ses yeux.

Il a fini le haut du cou, le menton, les joues, le front ; mais de la gorge, là où la peau est molle, il ne peut venir à bout. Il s'obstine, fait l'impossible : en vain. L'idée le prend alors de raboter tout ensemble, poils et peau. C'est en regardant cette face, dont le grain est si grossier, dont chaque pore est un réceptacle de graisse, que pareille idée a jailli du plus profond de son être.

Imperceptiblement, le jeune homme a sombré dans le sommeil. Sa tête a brusquement basculé en arrière ; il ouvre la bouche, avec un abandon puéril. On voit ses dents mal plantées et sales.

Yoshisaburô est mort de fatigue ; il n'en peut vraiment plus ; il a l'impression qu'on lui a injecté du poison dans toutes les jointures. Il a envie de tout planter là, de se laisser tomber sur place. « Arrête ! », ne cesse-t-il de se répéter. Mais, comme un automate, il continue à s'obstiner.

De très peu, d'un rien, la lame a mordu, reste prise... La gorge du jeune homme a légèrement tressailli. Quelque chose comme une onde rapide traverse Yoshisaburô, du sommet du crâne à la pointe des orteils, emporte, fait disparaître toute trace de sa lassitude, de sa fatigue.

La coupure n'a pas même deux centimètres. Mais debout, immobile, il n'a d'yeux que pour elle. Ce n'est qu'un mince trait d'une blancheur laiteuse. Petit à petit cela s'imprègne de rose. Encore un moment et le sang y afflue. Yoshisaburô n'en détache pas ses yeux. Une goutte sombre perle. Elle grossit, grossit, et voici qu'elle coule en un filet de sang qui dévale d'une fuite légère.

Alors s'éveille au fond de lui une espèce de désir sauvage... En lui qui n'a jamais blessé un seul client, cela monte, de plus en plus impérieux, avec une violence extraordinaire. Sa respiration, par degrés, devient haletante. Il semble aspiré, corps et âme, par cette blessure... Maintenant il n'est plus question de freiner cette force en lui ; il retourne la lame et, brusquement, sectionne la gorge, d'une si violente traction oblique que la lame entière s'y engouffre... L'homme ne se débat même pas. En une seconde, le sang jaillit. A vue d'œil, le visage prend une couleur terreuse...

A demi évanoui, Yoshisaburô se laisse tomber dans le fauteuil voisin. Toute sa tension en un instant se relâche, mais en même temps il se retrouve au comble de l'épuisement. Les yeux clos, vidé de toute force, on dirait un mort... La nuit aussi a pris une sérénité de cadavre... Plus rien ne bouge... Toute chose s'est abîmée dans une léthargie profonde...

Les glaces seules, de trois côtés, contemplent la scène, impassibles...

(Avril 1910).

Traduit et présenté par Marc Mécréant.

HAYAMA Yoshiki

La prostituée

(Inbaifu)

L'auteur de cette nouvelle est l'un des représentants majeurs de ce courant prolétarien qui, du début des années 20 jusqu'au milieu de la décennie suivante, joua un rôle prépondérant sur la scène littéraire japonaise.

Né en 1894, Hayama Yoshiki abandonna ses études vers l'âge de dix-huit ans pour s'engager sur un cargo et, plus tard, travailler dans une cimenterie — entre autres emplois — et vivre ainsi les expériences à partir desquelles il construira la plupart de ses récits. En 1921, il rejoint le mouvement syndical et son militantisme lui vaut plusieurs séjours en prison, séjours qu'il met d'ailleurs à profit pour rédiger ses premières œuvres. Dès 1926, il fait partie de la revue Bungeisensen (Le front des arts littéraires) *et y reste fidèle lorsqu'elle se sépare de la tendance dominante du mouvement culturel prolétarien qui va, elle, se placer dans la mouvance du PCJ et du Comintern. Après une longue retraite à la campagne, il part comme colon en Mandchourie en 1944 et, malade, meurt sur le chemin du retour en octobre 1945.*

Ecrite en prison au cours de l'été 1923, et publiée dans le numéro de novembre 1925 de Bungeisensen, La prostituée *représente avec une poignée d'autres nouvelles et* Umi ni ikuru hitobito (Ceux qui vivent sur la mer) *(1926) — son grand roman — la partie la plus représentative de son œuvre, celle pour laquelle il est encore connu et estimé.*

I

Même si, à propos d'une histoire comme celle que je vais raconter, on me demandait : « Mais en fin de compte, tout ça, c'est vrai ou c'est toi qui l'as inventé ? », je crois bien que je serais finalement incapable de répondre de façon tranchée. Voilà dix ans que je rumine cet épisode, que je cherche à résoudre cette question, et s'il m'arrive de conclure subitement : « Hé oui mon vieux, toi aussi, t'as vécu de sacrés trucs ! », à d'autres moments je me dis : « Non, tout ça c'était qu'une hallucination, t'as peut-être simplement eu l'impression que ça c'était passé comme ça, parce que, sinon, c'est pas possible… » Et c'est ainsi, sans que je parvienne jamais à élucider ce problème, que l'étrange souvenir s'est progressivement gravé quelque part en moi, toujours plus profond, toujours plus précis. Ce n'est pas que je cherche à me justifier, mais je constate que, curieusement, sur cette terre, il y a infiniment plus de choses singulières que la plume se refuse à transcrire qu'il n'y en a dont elle accepte de rendre compte. De fait, combien d'êtres jusqu'à ce jour sont morts en emportant avec eux, sans en avoir laissé trace, ni verbale ni écrite, un nombre incalculable d'expériences mystérieuses, à la limite du concevable, qu'ils avaient jalousement gardées enfouies ou qu'ils avaient tout simplement oubliées. D'ailleurs j'ai moi-même vécu tant de choses inouïes, cent fois plus invraisemblables que ce que je vais raconter maintenant. Certaines d'entre elles sont même beaucoup plus intéressantes, elles portent vraiment un « quelque chose » en elles, et pourtant, quelque effort que je fasse, je ne parviens pas à les mettre sur le papier. Même si j'élimine le problème de la censure officielle, même si je cherche à me persuader que ce que j'écrirai restera entre moi et moi, rien à faire, cela m'est strictement impossible.

En voilà assez avec ce préambule oiseux qui n'a déjà pris que trop de place.

J'étais encore un jeune vaurien, paumé, et je ne possédais effectivement pas d'autre tenue que la salopette que portaient alors la plupart des matelots.

Je venais à peine, une quinzaine de jours auparavant, de rentrer au pays après avoir fait la ligne de l'Europe sur un tramp. Le cargo était dans les docks. J'avais passablement bu. Il faisait chaud, lourd, c'était un début de soirée poussiéreuse de fin juillet ; oui, c'est ça, je m'en souviens, c'était vers 1912. Mais, bon, on n'est pas devant le juge d'instruction, alors ne m'en demandez pas trop, hein ?

Je marchais sur la promenade chaude, étouffante, bordée de platanes. Comme c'était la « Jetée des Ricains », à Yokohama, il y avait naturellement là des tas de gens plus ou moins excentriques, qui flânaient en se donnant des airs d'importance. Je marchais en ayant complètement oublié à quelle classe sociale j'appartenais ; hé oui ! Minpei-le-Démocrate — c'était déjà mon surnom — tu ne manquais pas d'aplomb !

Beaucoup d'étrangers bien entendu, qui passaient avec ces vêtements chics dont la seule vue réjouit l'œil, et également des jeunes filles japonaises que, même en rassemblant tout mon courage, et si imbu de moi-même que j'étais, je n'osais pas aborder. J'ai honte de le dire, mais je flânais là, sur cette belle promenade — véritable vitrine de luxe — mêlé à tout ce monde et marchant la tête haute, les mains dans les poches, sûr de moi, comme si je voulais faire admirer ma salopette.

Cependant, si j'avais à ce moment-là eu clairement conscience de ce que j'étais, je ne me serais pas mis délibérément dans une situation aussi bouffonne. En fait, j'avais probablement bien des choses en tête, mais il devait s'agir de ces pensées fugaces qui tournent comme des hélices à plein régime, si rapidement qu'à supposer un sursaut de lucidité où je me fusse dit : « Mais jusqu'à maintenant, à quoi donc ai-je bien pu songer ? », je n'aurais pu en retrouver le fil. De toute manière, je ne crois même pas avoir eu alors un tel sursaut.

Je devais donner l'impression de marcher d'un pas assuré, avec une insolence frisant la provocation, et il me semble bien d'ailleurs que je passais et repassais maintes fois au même endroit, comme un passager de première classe qui arpente le pont-promenade.

Les lumières s'allumèrent. Il faisait sombre déjà, on s'en apercevait maintenant. J'avais débouché sur l'avenue où passe la voie unique du tramway qui relie le parc au quartier chinois de Nankinmachi. Il va sans dire que je n'aurais probablement pas remarqué que j'étais arrivé à cet embranchement si je n'y avais fait une rencontre tout à fait stupéfiante. Jusqu'alors, pour moi, c'était clair : « Y a pas un zigue sur cette planète qui pourrait être tenté d's'en prendre à moi » ; cette ferme conviction s'effondra définitivement lorsqu'un quidam m'accosta brusquement. Un homme — mais d'où sortait-il donc ? — s'était tout soudain planté devant moi, si près qu'il avait failli me bousculer, et d'une petite voix étouffée et geignarde me chuchota :

— Hé, jeunot ! Tu veux t'mirer une chatte ?

Je restai sur place, bouche bée. C'était si inattendu que je le dévisageai avec insistance. Il avait une petite tête de limace. De quelque façon qu'on y regarde, ça n'était manifestement pas une femme, je ne voyais donc pas ce qu'il pouvait bien me vouloir.

— Quoi ? Qu'est-c'qu'i y a ? grondais-je subitement.

A l'instant même, deux hommes surgirent, comme des garçons de café qui auraient bondi au son de ma voix, et me saisirent fermement les deux bras. Tout de suite, je me dis : « Oh ! Oh ! I'sont trois ! » puis debout, cloué au sol, je tentai de réfléchir : « Ça va pas être si facile ! C'est lequel qui commencera ? S'agit de bien manœuvrer Minpei, sinon tu vas t'faire avoir. Tu prépares ton plan et puis tu y vas ! »

Reculant d'un pas, Face de Limace me dit :

— Hé, jeunot ! T'as pas envie d'acheter pour dix ronds l'seul vrai plaisir des jeunes ?

— Hein ? Mais qu'est-ce qu'vous m'voulez ? D'abord, j'y entrave que dalle à votre histoire. Quand on a que'qu'chose à proposer aux gens, on cause au moins d'façon qu'i'puissent répondre, non ? Si vous cherchez la bagarre, bon, c'est la bagarre ; si vous êtes des voleurs, alors dites-le...

— Tu comprends pas, hein ? Y a pas d'raison qu'tu comprennes pisqu'on t'a encore rien proposé d'précis. Mais d'abord, t'as bien des ronds sur toi ?

Prenant tout l'argent que j'avais dans ma poche, je le leur montrai. Comme, pensant avoir assez bu, j'avais cessé de faire les bars, il devait me rester encore quelque soixante-dix ou quatre-vingts *sen* en petite monnaie d'argent et de cuivre.

— Bon ! Y a presque trop ! Tiens, v'là pour ton tram.

Et c'est ainsi que je me retrouvai avec une seule pièce de dix *sen* : je m'étais fait proprement plumer.

— Alors ? On y va ?, me demanda Face de Limace.

— J'ai payé c'qui fallait, non ?

— C'est par là.

Sur ces mots, le type qui m'agrippait le bras droit se mit en route. Je me tenais bien sur mes gardes : « Qu'est-ce qu'i'z'ont l'intention d'me montrer, ces trois types, pour mes dix ronds ? Et d'autant plus qu'i'm'ont fait payer d'avance !

Et moi, le gros malin, si j'm'attends vraiment à c'qu'on m'montre quelqu'chose, c'que j'risque bien d'voir, c'est trente-six chandelles ! Et puis d'abord, avant que j'rencontre la Limace, est-ce qu'ces types me suivaient pas sans que j'm'en rende compte ? »

Pourtant, sans d'ailleurs que ma vigilance y fût pour quoi que ce soit, il ne m'arriva rien sur ce plan-là et je pus voir quelque chose qui valait bien la somme que j'avais payée. Nous étions partis dans la direction de Nankinmachi, en suivant une rue bordée de ces vieux édifices en briques qui ont dû être construits immédiatement après que le Japon eut commencé à avoir des échanges commerciaux avec les pays étrangers. On retrouvait là la même odeur que celle qui imprègne les quartiers chinois de Calcutta ou ceux de Hong-Kong. L'ensemble était édifié de telle façon qu'on ne pouvait distinguer les habitations des entrepôts. Après avoir enfilé je ne sais combien de ruelles, nous arrivâmes à un coin de rue et entrâmes dans la seconde maison, voisine de l'une de ces bâtisses dont on se demande si elles sont ou non habitées. D'après la direction prise et la distance parcourue, j'eus l'impression que nous nous trouvions dans le quartier situé derrière le quai sur lequel je venais d'exhiber mes allures de paon minable.

L'un des panneaux de la porte d'entrée était bloqué par la rouille mais l'autre était juste assez entrouvert pour laisser passer une seule personne. Dès le seuil franchi, on arrivait face à une montagne de détritus, accumulés là, et dont on se demandait s'ils avaient été apportés de la rue ou s'ils provenaient de l'intérieur de l'immeuble. Une poubelle cassée avait été laissée là, toute tordue, sous la pile d'ordures ; une épaisse poussière recouvrait le tout. A l'instant même où je franchissais le seuil mon intuition fut immédiatement confirmée : derrière cette porte, rien qui ressemblât à une maison digne de ce nom.

De ces quelques mètres carrés encombrés d'immondices partaient trois passages, comme des galeries. Deux d'entre eux, l'un de face et l'autre vers la gauche, servaient à relier les ruelles de derrière à la rue principale, mais le troisième, après quelques mètres à droite, arrivait sur un bâtiment qui faisait songer à une chambre forte et, sans déboucher sur la moindre ruelle, s'accrochait obliquement à sa façade, à quarante-cinq degrés, et s'y collait furtivement, comme une chauve-souris. En plein jour, je n'aurais probablement rien vu là de mystérieux et j'aurais certainement pensé que c'était l'escalier de secours de l'entrepôt — ou alors je n'y aurais même pas prêté attention — mais je me mis malgré tout à frissonner comme si on m'avait appliqué sur la poitrine la lame d'un scalpel.

Je me représentais alors ce qui allait suivre : après avoir gravi cet escalier tordu, je pénétrerais dans l'entrepôt et me trouverais dans un dispositif tel qu'il me serait finalement impossible d'en ressortir. Cet endroit s'avérerait être une officine de production de ces pilules des Six Divinités d'origine chinoise. On allait m'y arracher le foie tout vif pour la confection de ce remède. C'était inévitable.

Je levai les yeux pour vérifier si un câble n'avait pas été tiré vers le bâtiment. Peut-être appliquaient-ils un courant électrique — juste trop faible pour être mortel — pour arracher les foies tout palpitants, encore vivants, car sinon l'efficacité du médicament s'en trouverait sérieusement diminuée. Mais alors, et je continuais à y réfléchir tout en montant l'escalier, ces miraculeuses pilules de longévité dont le point de départ et la seule véritable raison d'être étaient la prolongation de la vie humaine, ou la résurrection, elles ne pouvaient donc être confectionnées qu'au prix du massacre des gens ? Que si l'on pervertissait cyniquement leur finalité ? Mais dans ce cas, ces pilules des Six Divinités, à quoi donc ressemblaient-elles ? A quoi donc étaient-elles bonnes ? N'étaient-elles pas à l'image même de notre société ? Ne correspondaient-elles pas exactement à ce système dans lequel la bourgeoisie devait pour survivre sucer le sang du prolétariat ?

Quoi qu'il en fût, nous entrâmes enfin dans les lieux.

II

C'était une chambre étrange. Une chambre qui faisait penser à l'intérieur d'une boîte de sardines. Un plafond bas, quatre murs, un plancher ; il semblait ne rien y avoir d'autre dans cette chambre humide, désolée, qui sentait le moisi. Au milieu de la pièce, comme une feuille morte prise dans une toile d'araignée, une ampoule unique se balançait, jetant une faible lueur. Sur le plancher, des bouts de lino étaient collés par-ci par-là, comme des emplâtres. Il n'y avait ni table ni chaise. Dans cette effroyable chaleur humide, je transpirais à grosses gouttes, comme si mon corps était une sale tumeur, pourtant je ressentais aussi une impression de froid. En plus de celle du moisi, une odeur particulière, écœurante, venait par bouffées, comme des nappes de brouillard, m'assaillir les narines.

A la lueur de cette ampoule de quelques bougies, cette pièce où l'on aurait pu mettre une centaine de *tatami* était plus sombre qu'une cellule de prison. J'étais resté debout près de la porte et mes yeux avaient fini par s'accoutumer à l'obscurité. Dans un coin de cette pièce que j'avais crue vide, il y avait une sorte de masse informe. Ça s'élevait verticalement, comme une construction de couvercles de caisses de bière, ou d'autres matériaux de ce genre. De l'un de ses côtés, quelque chose, que les couvercles ne parvenaient pas à dissimuler, dépassait de quelques pieds, mais, malgré mes efforts, je ne parvenais pas à distinguer clairement ce que c'était. En fait, j'étais assez loin et la pièce était sombre, mais concentrant toute mon attention dans mon regard, je gardais les yeux rivés sur cette chose.

Je me mis à trembler comme une feuille et, ne tenant plus debout, je dus m'appuyer contre le mur qui était derrière moi. Résistant de toutes mes forces à l'envie de m'asseoir, je me raidissais au mieux sur mes jambes flageolantes. Mes yeux s'étaient entre-temps habitués à l'obscurité et j'avais enfin compris que ce qui dépassait ainsi de l'abri des caisses était la partie inférieure, dénudée, d'un corps humain. Les déchets d'un corps après qu'on en a arraché les parties utiles à la fabrication des pilules des Six Divinités !

Porté par la force du désespoir, je me sentais le devoir de régler leur compte aux types qui m'avaient amené là. Davantage encore qu'un devoir, c'était une nécessité implacable. Agrippant subrepticement le couteau de marin qui était dans la poche de ma salopette, j'épiais les mouvements du bandit qui était resté debout, près de moi. Lui aussi m'avait observé et, tout à coup, il me déclara :

— Va voir là-bas. Tu peux faire tout c'que t'as envie ; pendant c'temps-là, moi, j'vais faire le guet.

Et m'ayant lancé ces mots, il se mit à redescendre l'escalier.

J'avais l'impression d'être affreusement saoul ; mon cœur cognait plus que je ne l'aurais voulu et j'avais mal partout, à la tête, aux articulations, comme après un terrible passage à tabac.

Je m'approchai très doucement. A chaque pas, l'odeur me prenait plus violemment à la gorge. Oui, c'était bien un cadavre ! Et maintenant, il me semblait qu'on pouvait entendre un souffle extrêmement faible. Mais ça va pas, non ? Un cadavre qui respire... ! Pourtant, ça avait bien l'air d'un souffle. Rrr... rre..., c'était infime mais j'eus beau me dire, à plusieurs reprises, que c'étaient mes oreilles, ou mes nerfs, qui me trahissaient, j'avais littéralement le sentiment qu'un cadavre était en train de respirer. Je fus pris en même temps de la sensation que mes tripes me remontaient aux lèvres. Mais...

Mais maintenant tout était là, sous mes yeux. Un tableau d'une horreur absolue.

Abritée derrière les couvercles des caisses de bière, une jeune femme de vingt-deux ou vingt-trois ans, entièrement nue, gisait, couchée sur le dos. Etendue sur un *tatami* pourri, elle exhalait chaque souffle douloureusement, les épaules convulsées, comme pour tirer encore une fois de son corps un ultime filet de vie.

Autour de ses épaules, et jusqu'à son oreiller, tout était souillé de taches de sang noirci et des saletés qu'elle avait dû vomir quand elle pouvait encore avaler quelque chose. Sa chevelure en était également toute durcie et par ailleurs des [...] étaient collés sur son [...][1]. Une mauvaise odeur aigre émanait de sa tête et son corps dégageait cette puanteur propre aux cancéreux. C'en était au point qu'on pouvait se demander comment des poumons humains étaient capables de supporter un air aussi vicié. Elle avait les yeux grand ouverts. Et ses pupilles semblaient me regarder. En fait, elles ne regardaient peut-être rien du tout. De toute évidence, elle ne devait même pas se rendre compte que je me tenais là, debout devant sa nudité. Planté aux pieds de cette femme, j'étais fasciné par ce spectacle. Je restais là, prenant

1. Les passages entre crochets sont ceux supprimés par la censure dans le texte original. Les éditions ultérieures ne les rétablissent pas, mais, lorsque le contexte le permettait, je me suis permis d'en indiquer le sens général.

racine, tandis qu'une multitude de pensées se suivaient dans ma tête, sur des parallèles qui ne se rejoindraient jamais.

— Quel être pitoyable !

— Quelle femme pitoyable !

Comme deux projecteurs fixes, mes yeux dardaient un regard immobile sur ce cadavre. Cadavre ! Oui, c'est le terme qui convient.

Il faut que j'avoue quelque chose. C'est dur à dire mais je dois reconnaître que je ne serais peut-être pas resté figé là aussi longtemps, et que mon cœur n'aurait peut-être pas battu avec tant de violence si, au lieu d'une femme, j'avais eu devant moi un homme nu.

Pris dans des sentiments indescriptibles, j'étais au comble de l'excitation.

— C'que j'suis en train de regarder, c'est ce « plaisir des jeunes » qu'j'ai acheté pour dix ronds. Avec qui j'peux faire, comme l'a dit l'type avant d'quitter la pièce, « tout c'que j'ai envie ».

— Naturellement, il n'est pas question qu'elle résiste.

Les prostituées sont légalement privées de leur droit de résister, mais, dans son cas, c'était son état physique qui le lui interdisait.

— D'ailleurs, cette femme, pour jouir, ça serait tout d'même mieux qu'baiser un cadavre. Malgré tout, elle est encore chaude !

Le plus gênant dans cette histoire, c'est que j'étais un matelot, que j'étais jeune, donc en proie à une soif inextinguible pour la chose et que, par conséquent, j'étais bien capable de faire « tout c'que j'avais envie ».

— D'ailleurs, des « jeunes » qui ont été amenés ici comme moi, jusqu'à maintenant, y 'a pas dû y en avoir qu'un ou deux. J'sais pas si tous [s' la sont envoyée] mais c'est pas évident non plus qu'i' se soyent tous dégonflés. D'toute façon, sur cette pente-là, c'est pas facile d'freiner !

Et simultanément, je me tenais un autre discours.

Son corps avait fondu comme une bougie renversée sur une plaque de fer chauffée. Sa chevelure noire, qui vu son âge aurait dû être encore très fournie, était durcie par les saletés et le sang et faisait penser à un balai de palmes jeté aux ordures dont son corps, complètement décharné, aurait figuré le manche.

— Voilà une fille qui depuis toute petite a passé par toutes les épreuves de l'existence ; qui, après avoir vendu jusqu'au dernier lambeau sa force de travail, a dû en arriver, pour survivre, à monnayer ce qui ne devait pas l'être, sa vertu. A l'image de ces pilules des Six Divinités qui pour faire vivre l'homme doivent le tuer, elle a dû pour se remplir la panse s'arracher les bras, le sexe, et même les nerfs. Comme tous les prolétaires, sans exception, elle a dû se détruire pour rester en vie, car il n'y avait pas moyen de faire autrement.

Elle a sûrement dû se dire : « Ah ! Si au moins j'trouvais du travail, mais voilà, personne n'veut plus m'embaucher ! A trop respirer l'air desséché, les hautes températures et la poussière de coton des filatures, j'suis devenue tuberculeuse. Malade, j'pouvais plus travailler, alors on m'a renvoyée. On veut plus m'engager nulle part, mais si j'travaille pas, comment est-ce qu'j'entretiendrai ma vieille maman ? » Elle a sans doute dû pendant de longs jours chercher un emploi, errer dans toute la ville, d'usine en usine. Mais elle n'a rien trouvé. Elle a pensé alors à vendre son corps, épuisant ainsi ses dernières ressources. Pourtant, même de cette façon, elle a fini par ne plus pouvoir travailler et elle se retrouve maintenant ici, dans cet état où, tout espoir de vivre abandonné, elle attend la mort.

III

J'eus soudainement envie de savoir si elle pouvait encore parler. J'ai un peu honte de le dire mais je ne pouvais pas résister au désir de lui demander si elle avait encore envie de vivre. Autrement dit, je voulais savoir à quoi pouvait donc bien penser un être humain réduit à cet état.

Me décidant, je m'approchai doucement de la femme et vins m'accroupir à ses pieds. Pendant ce temps-là, je n'avais à aucun moment détaché mon regard de ses yeux et de son corps et, effectivement, elle aussi avait suivi des yeux mes mouvements. J'en fus éberlué et, bêtement, me mis à rougir. En y réfléchissant, je me dis que j'avais simplement dû imaginer que son regard m'avait ainsi accompagné et, comme le font souvent les médecins au chevet d'un moribond, j'agitai ma main devant ses yeux.

Elle cilla. Elle voyait donc. De plus, sa respiration était relativement ordonnée.

Pendant que je m'approchais ainsi de ses pieds, j'avais senti mes forces m'abandonner et je m'étais accroupi.

Elle me dit : « Tu n'seras pas trop brutal, hein ? » Sa voix était sans force, haletante, mais ce n'était tout de même pas celle d'une mourante. Ses yeux semblaient me dire : « Tu peux faire tout c'que tu veux, ça m'est égal, mais vas-y doucement, j't'en prie. »

Une vague d'indignation m'envahit. Je pris la décision d'écraser impitoyablement les trois faces de limace qui exploitaient ainsi une femme en pareil état. Tout en jetant un coup d'œil vers la porte, je lui demandai :

— Il y a des gens qui t'font du mal, hein ? Qui c'est qui t'maltraite ?

A l'extérieur, l'obscurité était maintenant totale et cette pièce démesurée, écrasée sous son plafond, était comme un globe de lampe enfumé.

Je persévérai et, faisant de mon mieux pour avoir l'air calme, je lui demandai : « T'es ici depuis quand, comme ça, dans cet état ? » Comme je restais accroupi à ses pieds, elle avait cessé de me regarder et ses yeux étaient maintenant tournés vers le plafond.

J'étais terrorisé à l'idée qu'elle puisse surprendre la direction de mon regard. Sincèrement, je me sentais alors un jeune homme héroïque, ascétique, pétri d'humanitarisme et ni mon cœur ni mon corps ne m'apportait aucun démenti. Aussi je ne voulais pas qu'elle se rendît compte que je fixais son [sexe] d'un regard incandescent. Mais pourquoi donc mes yeux seuls échappaient-ils à mon contrôle ?

Si elle avait surpris mon regard, elle aurait certainement pensé : « Bon ! Finalement, ce gars-là, il est pareil aux autres ! » Et alors mon comportement héroïque, mes belles poses humanitaires du moment, tout se serait écroulé sans résistance. C'était ce que je redoutais. Et j'avais honte aussi.

Sexuellement, cette femme, elle m'excite vraiment pas du tout... Non, rien qu'si j'me dis ça, c'est qu'c'est pas vrai... Bon, j'regarde ; ça, pour regarder, j'regarde, et puis après... Ça veut dire quoi ? Je me justifiais ainsi à mes propres yeux.

Du moment qu'elle était femme, il était évidemment concevable qu'elle m'excitât, mais tout de même pas dans une telle situation ! Il ne lui restait plus que la peau et les os et de plus, elle était sur le point de rendre son dernier souffle. Ce que je voulais de ma pauvre sœur de misère, c'était lui demander quelles brutalités, quels actes vulgaires et honteux avaient commis sur elle les hommes montés jusqu'à ce jour dans cette pièce. Je voulais ensuite dénoncer l'horreur de leurs comportements et, faisant ainsi étalage de ma nature vertueuse, me glorifier à ses yeux.

D'une petite voix, elle finit par me répondre :

— T'as envie d'savoir des tas d'choses sur moi, hein ? En ce moment, ça m'est pénible de parler, mais si tu fais vraiment rien d'autre, j'veux bien t'causer un peu.

Je devins écarlate. La garce ! Elle m'avait percé à jour, des pieds à la tête ! Je me sentis à nouveau parcouru de frissons brûlants.

En la faisant parler, qu'est-ce que je voulais donc savoir ? Est-ce que tout n'était déjà pas évident ? Et puis, même s'il y avait encore des détails que j'ignorais, ça me mènerait à quoi de les lui entendre raconter de sa voix douloureusement haletante ?

Je résolus alors de la sauver.

Mais sauver les gens, est-ce que c'est faisable ? Est-ce que [la révolution] n'est pas le seul moyen de le faire ? Quand on veut soulever un fardeau trop lourd pour ses seules forces, est-ce qu'en le laissant retomber, on ne finit pas par le casser ?

En fin de compte, le sort me permit tout de même d'entendre quelques phrases de sa part.

IV

Le type qui m'avait amené là apparut alors sur le seuil de la porte, en silence, comme une ombre. D'un geste de la main, il me fit comprendre que c'était l'heure. Il n'y avait plus de temps à perdre. S'il s'approchait suffisamment pour comprendre ce que je disais, il ne serait plus question d'intervenir de façon un tant soit peu utile dans le destin de cette femme.

Je lui demandai :

— J'ferai n'importe quoi pour toi ; dis, en ce moment, c'est d'quoi qu't'as le plus envie ?

— C'que j'voudrais, hein ? C'est tout simplement qu'on m'laisse tranquille, comme j'suis maintenant. A part ça, j'ai rien envie d'autre.

L'héroïne de tragédie trahissait mon attente.

Je m'étais attendu à ce qu'elle me demandât de l'arracher des mains de ces brutes ou alors, je ne sais pas, d'aller immédiatement avertir la police. J'avais pensé que dans sa vie si pauvre en espoirs, ce serait comme une dernière chance, comme une paille à laquelle elle pourrait se raccrocher.

« La pauvre ! Elle est complètement écrasée sous le poids de ses malheurs. Même l'idée de formuler un souhait la terrifie maintenant » me dis-je. « Elle maudit tout sur cette terre. Le monde entier s'est ligué pour l'entraîner au fond de l'abîme où elle se trouve aujourd'hui, aussi ne peut-elle même pas me faire confiance. Peut-on vraiment être aussi désespéré ? »

— Mais si tu continues comme ça, tu pourras jamais t'en sortir ! J'te parle d'choses sérieuses, de t'conduire chez l'médecin ou de t'ramener dans ta famille...

A ces mots, elle me répondit :

— Bien sûr que j'serais mieux dans une clinique, en chambre privée, ou dans une villa au bord d'la mer ; c'est évident, non ?

— Précisément. Mais tant qu'tu pars pas d'ici...

— Hé ! Dis ! Cette femme, elle est toute nue, et puis elle est gravement malade des poumons. Hé, toi, avec tes dix ronds ! Faudrait quand même pas t'figurer qu'avec ça tu peux t'amuser jusqu'à la fin des temps !

Sans que je m'en sois rendu compte, le camarade de la Limace s'était rapproché et, comme une ombre à mes côtés, me chuchotait ces mots à l'oreille. Je bondis, tout en hurlant :

— Mais c'est toi et tes copains qui l'avez mise à poil ! Bande de salauds !

— Hé ! minute !

Tout en grognant ces mots, il me saisit les deux mains. Je me libérai et voulus le frapper au visage, mais avant que mon coup ait atteint sa cible, je me fis sonner à la tête. Je vacillai. Furieux, je hurlai : « Bon ! espèce de salaud ! cette fois, j'vais t'régler ton compte ! » et les poings fermement serrés, je visai la base de son nez et lui balançai un uppercut dans lequel je mis tout mon poids. J'encaissai en même temps un coup à la tête, mais cette fois mon attaque avait porté et mon adversaire se retrouvait à genoux, le nez pissant le sang.

J'étais trempé de sueur. A bout de souffle. Mais les choses en étant arrivées là, il ne me restait plus qu'à m'enfuir avec elle, quitte à la porter, avant que les deux autres n'arrivent.

— Viens ! Barrons-nous en vitesse ! Puis faut qu'on aille à l'hosto…

— T'es complètement idiot mon p'tit gars ! Tu l'as pas tué au moins ? C'est grâce à lui et à deux ou trois autres d'ses copains que j'ai pu vivre jusqu'à maintenant. Oh la la ! Quelle pagaïe !

Agitée par notre bagarre, elle avait les yeux pleins de larmes. Quant à moi, je ne comprenais plus rien à rien.

— Le tuer ? Mais ça va pas ? … Mais qu'est-ce qu'tu racontes ? Que c'est c'type qui t'a aidée à vivre jusqu'à maintenant ?

— Parfaitement ! C'est eux qui m'font vivre, et depuis un bon bout d'temps !

— C'est en échange d'ton corps ! T'es idiote ou quoi ?

— Ecoute, mon p'tit gars, ces types m'ont jamais rien fait d'sale. Toi aussi, quand t'auras quelques années de plus, tu finiras par comprendre, tu verras.

Tout s'écroulait. Le héros retrouvait brutalement son emploi de bouffon. Cette pauvre fille et ces trois salopards qui l'exploitaient jusqu'au trognon, je n'y comprenais plus rien. Ils étaient devenus une énigme totale.

Mais sous quelle étoile étaient-ils donc nés ? Quelle destinée étaient-ils donc en train de vivre ? Ou alors, est-ce que ça voulait dire que cette histoire, c'était moi qui la fabriquait ? Tout seul, au gré de ma fantaisie ?

Le type qui était à terre se releva lourdement :

— Sale p'tit blanc-bec ! Tu m'as bien eu mais cette fois… Numérote tes abattis et viens-y !

— Ça va, mon vieux, j'tiens pas à m'bagarrer avec toi. J'avais mal compris. C'est d'ma faute.

— Quoi ? T'avais mal compris ? Ben merde alors ! C'est quoi qu't'avais mal compris ?

— Les trois, vous m'avez menacé et vous m'avez amené ici, non ? Puis après, vous m'avez montré cette fille, pas vrai ? Alors, j'ai pensé qu'après avoir abusé d'elle, vous cherchiez encore à en tirer un maximum. J'pensais que vous étiez des salauds prêts à l'exploiter jusqu'à ce qu'elle crève.

— Bon, ça va, ça va, si c'est un malentendu.

Le type se détendit, comme un ballon d'enfant qui se dégonfle.

J'avais envie de lui demander : « Mais alors, pourquoi vous la laissez étendue ainsi, toute nue ? Et puis pourquoi vous l'exhibez comme ça ? » Certes, d'après la femme, ces types ne faisaient rien de mal, mais tout de même, ça dépassait clairement les bornes. Et je me demandais jusqu'à quand ils avaient l'intention de continuer leur manège.

J'avais eu le temps de réfléchir. Je commençais à me sentir terriblement fiévreux. Ma poitrine brûlait d'une chaleur lourde, mauvaise, comme si chaque bouffée que j'expirais se figeait en un bloc que je devais ravaler sur le champ. Les odeurs de vomi et de sécrétions cancéreuses continuaient à me prendre à la gorge. J'étais à bout de force, complètement vanné. L'étrange aventure que je venais de vivre devait m'avoir épuisé les nerfs. L'idée même de parler, d'en entendre ou d'en voir davantage m'était insupportable. Je voulais m'allonger, n'importe où, et sombrer dans le sommeil.

Gêné de m'être assis, sans y avoir pris garde, aux pieds de la fille, je me levai en disant :

— Enfin, d'toute façon, j'crois qu'j'vais y aller... Bon, j'me rentre.

Alors que j'avais déjà un pied dehors, je me retournai et demandai :

— Hé ! Vous habitez ici, tous ensemble ?

— Ouais, c'est notre quartier général ici ! me répondit le type d'un ton rogue.

Je redescendis alors les escaliers et me dirigeai vers la sortie. Arrivé au seuil de la porte d'entrée, je me retournai pour regarder l'endroit d'où je sortais. De là, on ne distinguait plus l'escalier ; il ne restait que la façade aveugle de l'entrepôt, pareille à la haute muraille de briques d'une prison. L'endroit était tellement désolé, tellement laissé à l'abandon, qu'on avait peine à imaginer que des activités humaines puissent encore y prendre place. Il suffisait d'y jeter un coup d'œil pour sentir l'odeur de moisi.

Une fois dans la rue, je m'éloignai en sifflotant, le regard fixé devant moi. Me dirigeant vers le foyer des gens de mer, je marchais, seul face à moi-même, rougissant et pâlissant tour à tour.

V

J'empruntai de l'argent au foyer puis je retournai boire dans une boîte pour étrangers, un de ces endroits où les putains ne montent qu'avec des Occidentaux. Un peu après minuit, je me retrouvai en train de marcher à travers le parc. Transperçant les buissons, la lumière des lampes à arc tissait sur le sol des motifs compliqués. Je suais la bière et j'étais en nage, comme emmaillloté dans une membrane humide.

Comme propulsées par un ventilateur, des pensées incohérentes voltigeaient dans ma tête :

— Au fond, j'en avais quand même envie, et puis j'étais drôlement excité... mais j'me suis bien contrôlé. Ouais ! C'est bien, Minpei ! Bravo !... Mais, mon vieux, t'as bien failli raisonner comme un bourgeois ! Moi ? Mais j'y suis pour rien dans c'qui lui est arrivé à c'te môme ! Donc, au fond... mais quand même, j'ai été costaud ! Non, j'me suis dégonflé !... et puis, qu'est-c'qu'ça peut foutre ! D'toute façon, c'est raté. Et dire qu'j'ai même pas touché au plat qui s'balançait sous mon nez ! J'ai jamais prétendu qu'j'étais un gentleman, moi ! Et puis, même si i'font comme ça, les gentlemen, y a pas d'raison que moi j'sois aussi discret qu'ça... Mais, minute ! C'est p't-être pour ça qu'j'serai jamais un gentleman ! J'suis trop discret, moi... Bon, ça suffit !

Je fus alors à nouveau attiré vers l'entrepôt. On était en pleine nuit maintenant.

L'entrée principale, avec ses panneaux de fer, était fermée. Pourtant, lorsque je la poussai, elle s'ouvrit facilement. Je gravis l'escalier. J'essayai la porte de la pièce. Je la tirai d'abord à moi : elle ne bougea pas. La vache ! J'eus alors un instant de panique : si elle s'était ouverte dans ce sens, j'aurais peut-être été précipité sur le pavé, au fond de la cour ! Je me mis à pousser. Elle s'entrebâilla un peu, mais dès que je relâchai mon effort, elle se referma. « Tiens ! Il doit y avoir quelqu'un qui monte la garde. » Collant mon visage à la porte, j'appelai à voix basse : « Hé ! C'est moi, ouvrez ! » Mais elle ne s'ouvrit pas. J'essayai de pousser en y mettant cette fois toutes mes forces. Elle ne bougea pas d'un pouce. « Le salaud, il a mis le loquet ! » Crachant de dépit, je redescendis l'escalier et me dirigeai vers la grande porte.

J'avais déjà un pied dans la rue lorsque quelqu'un me toucha l'épaule. Je bondis.

— C'est pas la peine d'faire des sauts comme ça. C'est qu'moi. Alors, ça c'est passé comment ? C'était bien ? Ça t'a plu ?

C'était Face de Limace qui était là, debout. Tout excité, je lui répondis :

— Si c'était vous qui l'aviez mise dans cet état, j'vous aurais laissé tous les trois à moitié morts sur l'carreau !

— Bon, et puis quoi ? Tu veux savoir à qui c'est la faute si elle en est là ? Si tu veux vraiment savoir, j'veux bien t'le dire. C'est à cause des richards, tu piges ?

En m'expliquant cela, Face de Limace me regardait avec des yeux pleins de commisération.

— Alors ? Tu veux monter encore une fois ?

— J'viens d'y aller mais j'ai pas pu ouvrir.

— Evidemment ! Puisqu'j'avais mis l'loquet.

— Quoi ! C'était toi. Mais alors d'où tu sors maintenant ?

Je n'en revenais pas. La pièce ne devait pourtant pas avoir d'autre issue.

— Ça n'a rien de si étonnant. J't'ai simplement suivi quand tu redescendais l'escalier, juste une marche derrière toi, c'est tout.

Je me demandai si cette sale Limace n'était pas encore en train de comploter quelque chose. Ce n'était tout de même pas un spectre et, aussi silencieusement qu'il ait pu marcher, je n'arrivais pas à croire qu'il ait réussi à me suivre de si près sans faire le moindre bruit.

Il n'y avait aucune « nécessité » à ce que je lui rende encore une fois visite. Il me restait environ un yen mais je ne pouvais plus songer à l'« acheter » à nouveau avec cette somme. Mais comme j'avais envie de la revoir, je me dis que je pourrais bien monter cinq minutes pour lui faire une petite visite, comme à une malade.

Suivi de Face de Limace, je remontai l'escalier. Je poussai la porte : effectivement, elle s'ouvrit cette fois sans difficulté. Je n'avais pas mis un pied dans la pièce que je sentis s'abattre sur moi ce même air lourd et chaud, cette même puanteur qui régnaient déjà lors de ma première visite.

Je m'étais fermement persuadé — je me demande bien pourquoi — que la pièce aurait complètement changé d'aspect, mais mon attente fut déçue : tout était exactement à la même place.

Abritée derrière les caisses de bière, la jeune femme dormait et à part elle, nous étions seuls, Face de Limace et moi.
— Tes potes qu'étaient là avant, i'sont allés où ?
— Ils sont rentrés chez eux.
— Quoi ! Alors, c'est pas vrai qu'vous habitez tous ici ?
— Si, ça arrive aussi.
Me jetant à l'eau, je finis par lui demander :
— Au fond, avec cette femme, vous avez quelles relations ?
— Cette femme, c'est notre amie.
— Mais alors, pourquoi vous la laissez comme ça, votre amie, toute nue, sans médicaments alors qu'elle est malade ! Et par d'ssus l'marché, vous la mettez à la merci d'parfaits inconnus !
— C'est pas qu'ça nous chante, mais si on ne faisait pas ça, elle pourrait plus prendre ses médicaments, elle pourrait même plus manger d'œufs.
— Quoi ? Elle prend des médicaments alors ? Ho ! mais dis ! faut pas pousser quand même ! Entre lui faire prendre des remèdes et l'exhiber comme ça, à poil, y a une marge, non ? Lui faire manger des œufs et puis la vendre à des mecs, vous êtes pas perdants là-d'dans. Ça tient pas debout vot'raisonnement !
— Eh oui ! Mais qu'est-ce que tu veux qu'on y fasse ? Y a pas qu'elle qu'est malade. On est tous malades. On a tous été pressurés jusqu'au trognon. On s'est tous crevés au boulot. On a tous bossé pour arriver à bouffer, mais ça a pas fait long avant qu'on s'retrouve complètement détruits, vidés par le travail. Elle, elle est tubarde et en plus elle a un cancer de l'utérus. Moi, comme tu vois, j'ai la silicose.
— Tu veux dire alors que c'est en la prostituant que vous arrivez tous à manger ?
— On la prostitue pas. Y a aussi des mecs qui cherchent ça mais nous on surveille d'près et s'il y en a un qui se pointe, on l'vire tout d'suite. Puis faut pas croire qu'on amène les gens comme ça, sans réfléchir. Moi, j't'ai suivi parce que tu t'baladais

en salopette au milieu des bourgeois, sans avoir honte, fier comme un prince. Et puis d'abord, si on abordait n'importe qui, on risquerait d'se faire piquer tout d'suite.

Qu'est-ce qu't'en penses ? Ça t'étonne pas qu'on soit pas encore morts ? Tu dois t'dire qu'ça vaut pas la peine d'vivre comme ça, comme des larves au fond d'un trou ? Et t'as raison, ça vaut pas l'coup, mais alors vraiment pas ! Pourtant, tant qu'on vit, on peut pas être sûr qu'ça servira pas un jour à quelque chose. Une fois, il y aura bien un moment où... C'est cette lueur d'espoir qui nous permet d'nous accrocher à la vie.

J'avais vraiment été d'une impudence incroyable et je m'étais totalement trompé sur leur compte.

Je me dirigeai vers le paravent de caisse de bière. Elle était allongée là, comme quelques heures plus tôt. Maintenant son corps était recouvert d'un mince kimono de coton. Elle semblait dormir. Ses yeux étaient clos.

A la place de la prostituée, je voyais une martyre.

Elle m'apparaissait comme le symbole de la destinée de toutes les classes exploitées.

Mes yeux se remplirent de larmes. Doucement, sans faire de bruit, je retournai vers la Limace qui était resté debout près de la porte. Je lui remis ce qu'il me restait d'argent en serrant de toutes mes forces ses mains rabougries. Puis je sortis. Alors que je descendais la première marche de l'escalier, la grosse larme que je retenais se mit à couler lourdement.

P.S. J'ajoute que ce récit a pu être écrit grâce à la bienveillance du Directeur de la prison de Nagoya, Monsieur Satô Otsuji.
Le 6 juillet 1923

Hayama Yoshiki

Traduit et présenté par Jean-Jacques Tschudin.

AKUTAGAWA Ryûnosuke

La foi de Wei Cheng

(Bisei no shin)

Avec Le Nez *(*Hana, *1916), Akutagawa Ryûnosuke (1892-1927) s'imposa, à 24 ans, comme un maître du récit bref. Comme* Rashômon *(1916), cette œuvre fait figure de modèle des récits « historiques » qui composent l'essentiel de sa production au cours de ses huit premières années de création. Ces récits sont qualifiés d'« historiques » car de fait, Akutagawa emprunte aux textes anciens — japonais ou chinois — l'anecdote qui lui sert de point de départ. Toutefois, il n'ambitionne nullement de reproduire une vérité historique : il n'a recours au passé que comme à un cadre commode qui permet à son imagination de s'exprimer de façon souveraine, dans la mesure où la distance temporelle rend crédible l'étrange, voire même le fantastique sur lequel débouche l'univers clos de ses récits. Mais si l'insolite constitue un matériau privilégié qui lui permet — pour reprendre ses propres termes — de donner au thème choisi « l'expression la plus artistique qui soit », c'est aussi parce que l'extrême rigueur logique qu'il implique satisfait, par-delà les exigences de son tempérament romantique, celles de son intelligence analytique. Ses récits « historiques », où s'affirme l'importance primordiale de la forme, apparaissent ainsi comme un éblouissant* jeu *de construction. Mais à travers les vies humaines si dérisoires que ces œuvres retracent, la beauté de la forme n'en reste pas moins l'inquiétant miroir d'une sensibilité à fleur de peau.*

La foi de Wei Cheng, *publié en 1919, marque un tournant, une première ligne de rupture dans la vie d'écrivain d'Akutagawa.*

Dans les récits « historiques » précédents, le narrateur manipulait les personnages à la façon d'un montreur de marionnettes : toujours extérieur à l'action, il donnait au récit son unité. Ici, le narrateur s'efface : tout part du personnage de Wei Cheng dont l'existence est d'ailleurs presque réduite à une fonction de perception visuelle et auditive. Le fantastique ne naît pas d'un habile agencement des informations : il provient de la façon dont Wei Cheng perçoit le monde qui l'entoure. Ce n'est pourtant pas l'histoire de Wei Cheng que désire conter Akutagawa ; il ne cherche pas non plus à énoncer une maxime comparable à celle que formulait Ssŭ-ma Ch'ien dans le Shih-Chi *où l'histoire de Wei Cheng se conclut sur ses mots : « Telle doit être la foi », ou comme dans le* Chuang Tzŭ *où il est écrit : « L'exemple de Wei Cheng mort noyé démontre la stupidité de la foi. » Dans* Bisei no shin, *brusquement, le récit se brise, passant, dans le dernier paragraphe, avec un sentimentalisme déconcertant, à la première personne. Dans cette œuvre, la référence au passé est de même quasi inexistante : la distance temporelle qui dans les autres récits « historiques » séparait le lecteur du personnage, est ici presque abolie.*

Cette « personnalisation » du récit caractérise, avec l'abandon progressif de l'arrière-plan historique, la démarche que suit Akutagawa à compter des années vingt. Remplaçant peu à peu la logique de la construction — celle d'une fatalité extérieure — s'affirme alors de façon toujours plus délibérée la logique non moins déroutante de la subjectivité humaine.

Autres traductions en français :

Rashômon et autres contes, *traduction et avant-propos de Arimasa Mori, Connaissance de l'Orient, Gallimard, Paris, 1965.* La vie d'un idiot, *traduit par Edwige de Chavanes, in* Nota Bene, *Paris, 1981, vol. n° 5, p. 8-30.*

Immobile sous le pont, Wei Cheng attendait depuis un moment que la femme arrive.

Il leva les yeux : une vigne vierge recouvre à demi le haut parapet de pierre et les pans des robes blanches des passants qu'elle laisse entrevoir de temps à autre, s'en vont, flottant légèrement au vent, dans la lumineuse clarté du soleil couchant. Mais la femme ne vient toujours pas.

Sifflotant tout bas, Wei Cheng, le cœur léger, parcourut des yeux le banc de sable qui se trouvait sous le pont.

Sous le pont, la langue de limon jaunâtre s'étire sur quelques pieds, à la limite même de l'eau. Au bord de l'eau, entre les roseaux, il y avait des trous ronds — gîtes de quelques crabes sans doute —, et chaque fois qu'une vaguelette s'y engouffrait, un imperceptible gargouillement se faisait entendre. Mais la femme ne vient toujours pas.

Quelque peu impatient, Wei Cheng s'avança jusqu'au bord de

l'eau et laissa errer son regard au fil de la rivière endormie où pas un seul bateau ne passait.

Dans le lit de la rivière, des roseaux verts se serrent en une masse impénétrable. Et, trouant cette masse, des saules arrondissent çà et là leur épaisse chevelure. Aussi, les eaux qui s'y faufilent paraissent-elles perdues au milieu du lit de la rivière. Seul un ruban d'eau limpide qui recueille le reflet micacé d'un nuage solitaire, serpente sans bruit entre les roseaux. Mais la femme ne vient toujours pas.

Wei Cheng délaissa le bord de l'eau et, tout en faisant les cent pas sur le banc de sable qui pourtant n'était pas très large, il épia le silence alentour que gagnaient peu à peu les premières ombres du crépuscule.

Sur le pont, les allées et venues des passants s'étaient semble-t-il interrompues un instant. Nul bruit de pas, nul bruit de sabot ou encore de voiture ne lui parvenait plus ; seul le bruit du vent, des roseaux, de l'eau, et soudain ce fut quelque part le cri strident d'un héron cendré. Il s'arrêta, surpris : les eaux avaient semble-t-il commencé à monter sans qu'il s'en aperçût, et l'éclat de l'eau qui léchait le limon jaunâtre, étincelait à présent plus près de lui. Mais la femme ne vient toujours pas.

Fronçant les sourcils d'un air sombre, Wei Cheng se mit à arpenter d'un pas de plus en plus rapide le banc de sable où rampait l'ombre de la nuit. Pendant ce temps, les eaux de la rivière gagnent peu à peu, pouce à pouce, pied à pied, le banc de sable, tandis que l'odeur d'algue et d'eau qui monte de la rivière commence, glaciale, à coller à sa peau. Il leva les yeux : là-bas, au-dessus du pont, la lumineuse clarté du soleil couchant s'est déjà éteinte et seules les balustres du parapet de pierre, toutes noires, hachurent en lignes nettes le ciel bleui de nuit. Mais la femme ne vient toujours pas.

Wei Cheng, alors, resta figé.

Miroitant d'un éclat plus froid que l'acier, les eaux de la rivière qui mouillent déjà ses chaussures, s'étalent sous le pont comme une mer infinie. Ses genoux, son ventre, sa poitrine n'allaient-il pas, d'un instant à l'autre, être submergés par les flots de cette impitoyable marée ? Or voilà que les eaux avaient encore monté : déjà ses jambes avaient disparu sous les vagues. Mais la femme ne vient toujours pas.

Immobile au milieu des flots, Wei Cheng, une dernière lueur d'espoir au cœur, interrogea mainte fois le ciel par-delà le pont.

Au-dessus des eaux qui atteignent sa poitrine, s'étendent depuis longtemps déjà les ombres bleues du crépuscule ; seul un mélancolique bruissement de feuilles froissées interrompt, à travers l'impalpable voile de brume, le silence infini des roseaux et des saules. Sur ce, un poisson — un lubin semble-t-il — fit miroiter l'éclair blanc de son ventre juste sous le nez de Wei Cheng. Au moment où il bondit hors de l'eau, la lueur des étoiles trouait déjà çà et là le ciel, et même la ligne du parapet où s'enlaçait la vigne vierge, s'était fondue dans les brusques ténèbres de la nuit. Mais la femme ne vient toujours pas...

Au cœur de la nuit, quand la lune vint baigner de sa clarté les roseaux et les saules, les eaux de la rivière, chuchotant calmement avec le vent, emportèrent doucement vers la mer le cadavre de Wei Cheng. Mais peut-être son âme brûla-t-elle de revoir la triste lumière de la lune briller au firmament. Elle quitta furtivement le cadavre : sereine, elle s'éleva, comme l'odeur d'algue et d'eau monte en silence de la rivière, toujours plus haut dans le ciel où, là-bas, brillait une pâle clarté...

Puis, après des millénaires et des millénaires, après de longues errances, cette âme dut à nouveau renaître dans le corps d'un homme. Cette âme, c'est elle que j'abrite. Aussi, bien que né en ce siècle, je ne puis rien faire qui ait un sens. Perdu nuit et jour dans de vagues rêveries, je passe ma vie à attendre le merveilleux qui doit arriver. Comme ce Wei Cheng qui attendit sans fin, sous un pont où tombait la nuit, une amante qui jamais ne vint.

Traduit et présenté par Edwige de Chavanes.

MUSHANOKÔJI Saneatsu

Rêve au pays des petits hommes

(Shôjinkoku no yume)

« Si la chance lui sourit, mon fils deviendra un être exceptionnel » : tels auraient été les derniers mots du père de Mushanokôji Saneatsu (1885-1976), un membre de l'ancienne aristocratie japonaise.

Saneatsu fit ses études à l'Ecole des Pairs où il se lia d'amitié avec de futurs écrivains comme Shiga Naoya, qui partageaient son intérêt pour l'art et la littérature. Influencé dès sa jeunesse par la Bible et surtout par Tolstoï, il se tourna vers des conceptions humanistes.

Au fil des années, il élabora sa propre philosophie où le développement spirituel de chaque être pour l'harmonie universelle joue un rôle central. En 1918, il voulut mettre en pratique son idéal en fondant une communauté dans le nord-est du Japon.

Dès 1907, il avait lancé une revue littéraire et quitté l'université pour se consacrer à la vie d'écrivain. Il créa en 1910 la fameuse revue Shirakaba *avec quelques camarades d'université, dont Shiga Naoya et Arishima Takeo, groupe dans lequel il joua un rôle très actif en publiant romans, pièces de théâtre et essais, notamment* Omedetaki hito (L'Innocent) *en 1912,* Yûjô (L'Amitié) *en 1920,* Ningen Banzaï (Vive l'Homme) *en 1923. Dans ses écrits, il recourt souvent aux dialogues pour exprimer ses conceptions philosophiques.*

Il poursuivit son activité bien après la dernière guerre, période où il s'illustra aussi comme peintre.

Rêve au pays des petits hommes *a été écrit en 1923 et publié en 1924 dans un recueil d'essais et de récits intitulé* Sôgen (La Prairie).

Sans savoir pourquoi, je me retrouvai debout à la porte du pays des petits hommes.

On y peut lire les sentences suivantes :

— Maudits soient ceux qui sont plus heureux que nous !

— Maudits soient ceux qui sont plus intelligents que nous !

— Respectez ceux qui sont plus malheureux que nous, plus bêtes ou inférieurs !

— Louez ceux qui souffrent plus que nous ou qui sont plus pauvres !

Sans m'en rendre compte, j'étais devenu un habitant de ce pays.

Les gens de ce pays mettent réellement ces recommandations en pratique. Ils compatissent au malheur des autres, mais n'éprouvent aucun désir de les rendre heureux, parce qu'ils aiment prendre conscience de leur propre bonheur.

Un malheureux malade suscitera des réactions de pitié chez tout le monde, mais personne ne se réjouira de le voir guéri.

J'ai rencontré la femme la plus célèbre pour sa beauté : c'est la plus laide. Comme elle passe pour belle, la conscience que les autres femmes ont de la surpasser les comble d'aise. Les vraies beautés, elles, sont convaincues par les critiques des autres d'être les plus laides.

La plus renommée des montagnes de ce pays est la moins élevée : c'est la plus honnête ; on méprise la haute montagne comme vaniteuse et arrogante.

Tout le monde s'extasie sur le crottin de cheval en disant « Comme c'est joli ! », mais si vous louez la beauté d'une fleur, on vous considère comme dépassé.

Celui que l'on désigne dans ce pays comme le plus intelligent est un idiot. Il erre chaque jour sans rien faire, sans même distinguer sa droite de sa gauche. Lorsqu'on lui dit qu'il est intelligent, il ne se réjouit point ; jamais ne se fâche quoi qu'on lui fasse. Il reste souriant même si on le traite de crétin et n'en est que plus admiré ; chacun prend plaisir à se moquer de lui.

Dans ce pays, il est de règle de montrer sa bêtise, et si quelqu'un laisse filtrer quelque lueur d'intelligence, on l'accusera malgré son imbécilité d'insolence et de prétention.

L'idéal de ce pays, c'est de comparer des riens à des riens. Plus on est médiocre, plus on est respecté ; la moindre qualité est détestée.

Chez ces gens-là également le travail physique est loué ; mais c'est pour la souffrance qu'il engendre. On n'aime pas que les autres aient une vie aisée, on se repaît de leur souffrance. Dès que quelqu'un se voit unanimement respecté pour sa souffrance, on recommence à médire de lui. Dans ce pays, respecter autrui n'est que servilité.

Ici, tout le monde est renfrogné. Quelqu'un rit-il, il sera aussitôt critiqué : pourquoi te réjouis-tu ainsi ? Comment oses-tu rire alors que tout le monde souffre ?

Les habitants de ce pays cherchent la joie eux aussi. Mais ils se réjouissent à l'écart et devant les autres, plus on pleure, mieux cela vaut.

Tout le monde se plaint sans cesse de souffrir.

Un homme, à qui je demandais pourquoi ces mines revêches, me dit :

« On souffre tellement qu'on ne peut pas supporter la joie des autres, montrer son bonheur est un acte criminel qui suscite la jalousie et la haine d'autrui. Jadis, les samouraïs étaient tenus de garder le sourire, même dans la souffrance. C'était pour flatter leurs seigneurs. Nous, nous n'avons pas besoin de flatter les autres. Lorsque nous souffrons, nous le montrons sur notre visage. En plus, cela fait comprendre aux autres qu'ils ne sont pas les seuls à souffrir : c'est un acte charitable.

— Je crois que vous avez partiellement raison, mais même en cachant mes larmes, je préfère rire.

— Vous êtes dépassé. Si vous faites cela sans y prendre garde, ils n'auront l'esprit en paix que lorsqu'ils vous auront fait pleurer. »

Je prenais donc garde de ne pas rire. Un jour que je me promenais, un nabot s'approcha en trottinant et me demanda brusquement :

« Que regardiez-vous à l'instant ?

— Je regardais la montagne, là-haut.

— Aimez-vous cette montagne ?

— C'est la plus grande non ?, dis-je sans arrière-pensée.

— Grand !... Est-ce admirable d'être grand ? Pure arrogance que d'être grand ! Cette montagne pleine de morgue regarde de haut ses compagnes, si modestes pourtant, en se donnant des airs importants. Il n'est pas d'être humain que sa vue ne révulse.

— Ah oui ! C'est vrai ! répondis-je.

— Je vous pardonne pour cette fois, mais si je vous surprends encore à admirer cette montagne, je n'aurai plus cette indulgence, je le ferai savoir à tous et je porterai plainte contre vous en disant que vous êtes un ambitieux et que vous vous réjouissez du malheur des autres. »

Je lui promis d'y faire attention désormais.

Après quelques pas, en y repensant, je fus brusquement saisi du comique de la chose et j'éclatai de rire, Puis, me sentant en faute, je cachai ma bouche avec ma main, mais trop tard. Le petit homme accourut aussitôt.

« Pourquoi riez-vous ? Qu'est-ce qui est si drôle ? Je vais porter plainte contre vous pour mépris des nerfs d'autrui.

— Pardonnez-moi, je vous prie.

— Personne ne peut imaginer qu'il soit possible d'entendre un tel rire dans ce pays alors que tout le monde souffre. Vous croyez être seul à avoir de l'importance ?

— Mais non, vous faites erreur.

— Veuillez me suivre ! »

Il m'emmena dans un endroit où il y avait beaucoup de monde :

« Ecoutez, vous tous ! J'estime que cet homme mérite la peine de mort.

— Qu'a-t-il fait ?

— Cet homme, en plein jour, sans vergogne, a admiré la montagne la plus haïssable.

— Si cela est vrai, condamnons-le à mort !

— De plus, il a ri à gorge déployée et a ainsi détruit totalement la sérénité de mon esprit. Si vous aviez entendu ce rire, vous ne pourriez plus avaler aucune nourriture pendant plusieurs jours.

— A mort ! A mort ! »

C'est alors que je me suis réveillé, trempé de sueur.

Traduit et présenté par Atsuko Ceugniet.

MORI Ôgai

Le testament d'Okitsu Yagoemon

(Okitsu Yagoemon no isho)

La nouvelle qu'on va lire illustre un genre qui a toujours occupé une place importante dans la littérature japonaise : le récit historique ; au sein de ce genre, elle représente, par rapport à un récit très libre comme Le Ki-lin, *une tendance plus rigoureuse, caractérisée par un souci avoué de fidélité aux documents. Dans la carrière littéraire de son auteur,* Le Testament d'Okitsu Yagoemon *marque un tournant, en inaugurant une série de « chroniques historiques ».*

Mori Ôgai (1862-1922), l'une des figures majeures de son époque, s'illustra dans des activités fort diverses, tout en poursuivant une carrière de médecin militaire qui le conduisit à exercer de très hautes fonctions. Il possédait une prodigieuse culture littéraire, philosophique et artistique, tant occidentale que chinoise et japonaise ; auteur de poèmes, il contribua aussi au renouvellement du roman japonais par l'apport de techniques littéraires occidentales. Parmi ses romans les plus connus, on peut citer Maihime *(*La Danseuse, *1890) ou* Gan *(*L'Oie Sauvage, *1911-1913).*

En 1912, sous le coup, dit-on, du retentissant suicide du général Nogi qui, répétant un antique geste d'allégeance, avait voulu suivre dans la mort l'empereur Meiji, il écrivit en quelques jours Le Testament d'Okitsu Yagoemon. *La version définitive (traduite ici) résulte d'un assemblage, autour du récit central, de courtes biographies et généalogies. D'une construction passablement déroutante, écrite dans un style archaïsant, la nouvelle a suscité des commentaires idéologiques et esthétiques divergents. Elle est fondée sur quelques documents historiques concernant les Okitsu, une famille de guerriers qui fut au service des Hosokawa, l'une des plus illustres maisons du Japon féodal, où l'on cultivait à la fois les armes et les arts : Hosokawa Yûsai, érudit et poète, avait étudié le thé sous le fameux Rikyû.*

Le destin des Okitsu se dessine sur l'arrière-plan d'événements fameux de l'histoire du Japon, notamment les luttes sanglantes qui se succédèrent dans les dernières années du XVIe *siècle pour la succession de Toyotomi Hideyoshi. Un des épisodes marquants de ces guerres fut le siège du château de Tanabe : les Hosokawa, qui avaient embrassé le parti de Tokugawa Ieyasu, se trouvèrent assiégés par Ishida Kazushige (Mitsunari), chef d'une coalition de grands seigneurs de l'Ouest et du Sud, comme les Akamatsu. Ieyasu défit cette coalition à la bataille de Sekigahara (21 octobre 1600) où s'illustra Hosokawa Tadaoki, et, désormais maître du Japon, fonda la dynastie des shôgun Tokugawa.*

Conformément à l'usage, Mori Ôgai désigne ordinairement les grands seigneurs non par leur patronyme, mais par leur nom personnel, ou par tel ou tel de leurs titres (purement honorifiques, ces titres ne sont pas traduits ici). Rappelons les noms et titres des cinq générations de Hosokawa évoqués dans le texte :

Taishô-in Yûsai Fujitaka (1534-1610)

Shôkô-ji Sansai Tadaoki (1563-1645)

Myôge-in Tadatoshi (1585-1641) — *Tatsutaka*

Higo-no-kami Mitsuhisa (1619-1649)

Etchû-no-kami Tsunatoshi (1642-1714)

Dans le texte original, les dates sont bien sûr données uniquement selon le calendrier ancien.

Mori Ôgai est encore peu traduit en français. On ne relève guère que Takasebune (Le takasebune), *trad. Ch. Haguenauer, rééd. in* Etudes choisies de Charles Haguenauer, *Leiden : Brill, 1977;* Vita Sexualis, *trad. Amina Okada, Gallimard, 1981.*

*La traduction anglaise d'*Okitsu Yagoemon no isho (The Last Testament of Okitsu Yagoemon) *par William R. Wilson est accompagnée d'une bonne présentation (*Monumenta Nipponica, *Tôkyô, XXVI, 1-2, 1971).*

Je pourrai demain accomplir le vœu qui me tient à cœur depuis des années, en m'ouvrant le ventre en bonne et due forme devant la tombe de mon seigneur Myôge-in. Dans ces conditions, désireux de laisser pour leur gouverne à mes descendants une relation circonstanciée des faits, je prends aujourd'hui le pinceau, dans la résidence sise à Kyôto de mon frère puîné Matajirô.

Mon aïeul se nommait Okitsu Uhyôe Kagemichi. Né à Okitsu en Suruga la 11e année d'Eishô (1514), il entra au service du seigneur Imagawa Jibu-tayû, et se fixa à Kiyomi-ga-seki en ce même Suruga. Lorsque le seigneur Imagawa perdit la vie sur le champ de bataille, le 20e jour du 5e mois de la 3e année d'Eiroku, Kagemichi fut de ceux qui le suivirent. Il était alors dans sa quarante et unième année. Son nom posthume est Senzan-sôkyû-koji.

Mon père, Saihachi, qui était né la 1re année d'Eiroku (1558), allait sur ses trois ans quand il perdit son père ; il fut donc élevé par les soins de sa mère. Parvenu à l'âge adulte, il prit le nom de Yagoemon Kagekazu et s'installa en Harima chez l'un de ses parents du côté maternel, Sano Kanjûrô. Tel fut le concours de circonstances qui l'amena à entrer au service du seigneur Akamatsu Sahyôe-no-kami. La 9e année de Tenshô, celui-ci le gratifia d'un fief d'une valeur de mille setiers de riz. Puis, au 4e mois de la 13e année, le seigneur Akamatsu ayant rattaché à sa seigneurie la province d'Awa, Kagekazu bénéficia à son tour d'un fief supplémentaire d'une valeur de trois cents setiers, et fut fait intendant de l'Awa. C'est là, à Inotsu, qu'il fixa sa résidence. Il y demeura en poste jusqu'aux premières années de Keichô.

Or, au 7e mois de la 5e année de Keichô (1600), le seigneur Akamatsu, qui avait embrassé le parti d'Ishida Kazushige, alla investir le château de Tanabe en Tango, aux côtés d'Onogi Nuinosuke, originaire du Tamba. La défense de la citadelle était alors assurée par le seigneur Shôkô-ji Sansai Tadaoki ; mais celui-ci, lorsque l'Auguste Seigneur (Tokugawa Ieyasu) se porta contre Uesugi Kagekatsu, alla le rejoindre, et ce fut son père le seigneur Taishô-in Yûsai Fujitaka qui prit la relève. Or il se trouvait que mon père Kagekazu, du temps qu'il servait chez le seigneur Akamatsu à Kyôto, avait connu Son Excellence Karasumaru Mitsuhiro, qui était le disciple en poésie de ce même seigneur Yûsai, et dont le fils héritier Mitsukata avait épousé Man.hime, une fille du seigneur Shôkô-ji. Par le biais de Son Excellence Mitsuhiro, Kagekazu était devenu un familier du seigneur Yûsai et de son fils.

Lors du siège de Tanabe, le seigneur Sansai, qui était donc parti pour l'Est, envoya au château un messager du nom de Mori San.emon, qui se trouvait être un parent par alliance de Kagekazu. Arrivé à Tanabe, ce Mori eut une entrevue avec lui et lui révéla la teneur du message dont il était chargé. Kagekazu s'entendit alors avec un lieutenant des Akamatsu, Ikado Kameemon : ils fixèrent un billet à une flèche qu'ils envoyèrent dans une bretèche de l'une des murailles intérieures — dite Myôan-maru — du château ; aussi le lendemain matin Mori, que Kagekazu avait fait sortir du camp en le mêlant aux espions, entrait-il sans encombres dans la place ; il se fit remettre une missive par le seigneur Yûsai, et, le soir, reprit le chemin de l'Est. Lorsque, cette année-là, la maison des Akamatsu fut anéantie, mon père, conseillé par Mori, se rendit en Buzen ; la 6e année de Keichô, il était engagé dans la maison du seigneur Sansai.

La 5e année de Genna (1619) naquit notre actuel seigneur, Mitsuhisa, de son nom d'enfant Rokumaru. Mon père fut affecté à son service. Mais quand le seigneur Sansai se retira, la 7e année de Genna, mon père prit aussi la tonsure, avec le nom de Sôya. Le 9e jour du 12e mois de la 9e année de Kan.ei (1633), le seigneur Myôge-in Tadatoshi, prédécesseur de notre maître actuel, se rendant dans son fief du Higo, mon père l'y accompagna. Le 17e jour du 3e mois de la 18e année de Kan.ei décédait le seigneur Myôge-in. Peu après, le 2e jour du 9e mois de la même année, mon père Kagekazu mourut de maladie. Il était alors dans la quatre-vingt-quatrième année de son âge.

Mon frère Kurobê Kazutomo, fils aîné de Kagekazu, l'avait suivi dans le Buzen. Entré au service du seigneur Sansai la 17e année de Keichô (1612), il fut affecté à son service personnel. Puis, par suite de maladie, il fut versé dans l'auxiliaire. Lorsque le seigneur Myôge-in eut succédé à son père et que, pendant l'hiver de la 14e année de Kan.ei (1637), il prit part au siège de Shimabara, mon frère se trouvait avec lui. L'année suivante, le 27e jour du 2e mois, il put annoncer qu'il avait été, avec Kaneta Yaichiemon, le premier de ceux du clan à pénétrer les lignes ennemies ; c'est sur le faîte des remparts qui dominent la mer qu'il trouva une mort de soldat. Son nom posthume est Gishin-eiryû-koji.

Moi, fils cadet de Kagekazu, je suis né la 4e année de Bunroku (1595). Mon nom d'enfant était Saisuke. J'étais dans ma septième année quand je suivis mon père à Kokura en Buzen. J'entrai au service du seigneur Sansai la 17e année de Keichô, à dix-huit ans révolus. Lorsque, dans la 7e année de Genna, le seigneur Sansai se retira et que mon père prit la tonsure, j'étais dans ma vingt-huitième année. Je pris alors le nom de Yagoemon Kageyoshi, et suivis le seigneur Sansai à Nakatsu en Buzen.

Or, au 5e mois de la 1e année de Kan.ei (1624), un navire en provenance de l'Annam toucha Nagasaki. Le seigneur Sansai, depuis trois ans entré en religion, m'y envoya avec l'un de mes camarades, Yokota Seibê, pour acheter des produits rares dont il pourrait se servir lors de cérémonies du thé. Par bonheur, étaient arrivées deux grosses billes d'un excellent bois d'aloès, correspondant l'une à la partie basse du fût — la bille de pied — et l'autre à la partie haute — la surbille. Or un homme au service du seigneur Date Gonchûnagon, qui avait été dépêché de la lointaine Sendai, souhaitait emporter à tout prix la bille de pied, la meilleure. Je m'en portai aussi acquéreur, et nous fîmes peu à peu monter les enchères.

C'est alors que Yokota me dit : « Il a beau s'agir d'un ordre de notre maître, le bois d'encens n'est qu'une amusette inutile, pour laquelle il ne convient pas de gaspiller tant d'argent. Tout compte fait, mon idée est de céder la bille de pied aux Date, et d'emporter la surbille. » Je répondis : « Tel n'est pas mon avis. L'ordre de notre maître, c'est de lui acheter un produit rare. Or, de toute la cargaison, le plus rare est ce bois d'aloès. Et, des deux billes, la rareté des raretés, c'est bien le bois de pied. C'est donc en nous le procurant que nous exécuterons l'ordre de notre maître. Fortifier la vanité des Date en leur cédant le meilleur bois reviendrait à souiller la lignée des Hosokawa[1]. »

1. Jeu de mots sur les noms de Date, homophone de *date* : « vanité », et de Hosokawa, littéralement « rivière étroite », le mot *nagare* : « cours d'eau », pouvant signifier « lignée ».

Yokota éclata d'un rire méprisant : « C'est confondre les enjeux ! S'il était question de se disputer un territoire ou une place-forte, il faudrait sans répit croiser le fer avec les Date. Mais ne s'agit-il pas d'un bout de bois qu'on jettera dans le foyer d'une chambrette de quatre *tatami* et demi[2] ? L'idée ne me viendrait pas de gâcher une fortune pour cela ! Si notre maître lui-même s'engageait à pousser les enchères, ils nous appartiendrait, à nous ses hommes liges, de l'en dissuader. Oui, quand bien même il désirerait se procurer contre vents et marées le bois le meilleur, l'aider à réaliser ce vœu ne serait que flagornerie et vile complaisance. » J'étais alors dans ma trente et unième année. A l'entendre parler ainsi, la colère m'envahit, mais je me contins encore : « Voilà certainement les paroles d'un sage ! Mais moi, je ne considère qu'une chose : les ordres du maître. S'il me disait : Abats cette forteresse ! il me faudrait la prendre d'assaut, eût-elle des murailles de fer. S'il me disait : Prends cette tête ! il me faudrait la trancher, fût-ce celle d'un démon. De la même façon, puisqu'il a dit de lui rapporter un produit rare, je suis résolu à me procurer ce que l'on fait de mieux. Dès l'instant que c'est un ordre du maître, et tant que la morale est sauve, toute espèce de critique qui interviendra dans cette affaire est vaine. »

Alors Yokota, s'esclaffant de plus belle : « Ne dites-vous pas vous-même que vous n'enfreindrez pas la morale ? Eh bien moi, je donnerais beaucoup sans plaindre la dépense pour des armes de guerre ; mais vouloir, comme vous le faites, payer un prix indécent pour du bois d'encens, c'est une faute de blanc-bec ! » Je rétorquai : « Que les armes et le bois d'encens soient deux choses différentes, le blanc-bec que je suis le sait bien. Du temps du seigneur Taishô-in, il arriva que le seigneur Gamô exprima le

2. Allusion ironique aux pièces réservées à la cérémonie du thé, d'une surface standard de quatre nattes et demi (sept à huit m^2).

désir de se rendre chez les Hosokawa pour voir leurs riches collections. Au jour convenu, il se présenta. Le seigneur Taishô-in étala devant lui casques et armures, sabres, arcs et hallebardes de toutes sortes. Surpris, le seigneur Gamô y jeta un coup d'œil, puis avoua qu'en réalité il était venu voir les ustensiles à thé. Alors le seigneur Taishô-in répondit en riant : "Vous aviez parlé l'autre jour de collection : aussi vous ai-je présenté des parures de guerriers. Mais s'il s'agit d'ustensiles pour le thé, j'en possède aussi quelques-uns." Et il se mit en devoir de les lui montrer. Vous voyez que dans la maison de notre maître une connaissance approfondie de la Voie des Armes s'accompagne, depuis des générations, de dispositions pour la Voie de la Poésie aussi bien que pour la Voie du Thé. N'est-ce pas là chose sans égale dans le monde ? Si l'on traite le Thé de rite creux et inutile, alors l'étiquette qui règle l'Etat, le culte des ancêtres, tout cela aussi n'est que rite creux. L'ordre que nous avons reçu, ce n'est rien d'autre que de chercher des produits rares dont notre seigneur puisse se servir pour le thé. Tel est l'ordre du maître : nous ne saurions nous y dérober, fût-ce au prix de notre vie. Si vous jugez indécent de donner une forte somme pour le bois d'encens, c'est sans doute que vous vous obstinez par méconnaissance de cette voie. »

Yokota ne me laissa pas achever : « C'est vrai ! Je n'entends rien, moi, au thé ! Je suis un guerrier obstiné ! Mais je voudrais bien voir, toi qui pratiques tant d'arts, si tu connais ton vrai métier ! » A peine eût-il lâché ces mots qu'il sauta sur ses pieds, dégaina son sabre court et le lança sur moi. Mais je l'esquivai, et, comme j'avais posé mon sabre sur le porte-sabre qui se trouvait sous le *chigai-dana*[3], je me jetai en arrière et le saisis ; nous dégainâmes. D'un coup, j'abattis Yokota.

3. Etagères asymétriques, ordinairement placées à côté du *tokonoma*, qui constituent un élément décoratif de la pièce d'apparat.

J'achetai aussitôt le meilleur lot de bois d'aloès et le rapportai à Nakatsu. L'officier de la maison des Date dut se contenter de la surbille, qu'il remporta à Sendai. Pour moi, je remis le bois d'encens au seigneur Sansai, puis lui présentai la requête suivante : « Encore que j'aie agi par souci de vos ordres, j'ai tué un samouraï qui eût pu vous être utile. Je suis rempli de confusion : aussi désiré-je que vous m'ordonniez de m'ouvrir le ventre. »

Quand le seigneur Sansai m'eut entendu, il s'adressa à moi en ces termes : « On ne pouvait mieux lui dire que tu n'as fait. Quand bien même le bois d'encens ne mériterait aucune attention, il fallait y attacher de l'importance, puisque c'était justement l'objet précieux que je vous avais dit d'aller chercher. Et puis, si l'on ne jugeait les choses que selon leur utilité, il n'y aurait rien en ce monde qui méritât le respect.

D'ailleurs, j'ai tout de suite mis à brûler un peu du bois que tu as rapporté : c'est un bois excellent, d'une qualité rare. Aussi lui ai-je donné le nom de Premier Chant, en souvenir du poème ancien qui dit :

A chaque fois qu'on l'entend
Il paraît si merveilleux
Le chant du coucou :
On dirait que c'est toujours
Son premier chant de l'année !

Je te félicite de m'avoir trouvé un bois de cette qualité. Mais, ajouta-t-il, encore faudrait-il que les enfants du défunt Yokota Seibê ne te gardent point ressentiment. » Et il convoqua sur le champ le fils aîné de Seibê, avec qui je bus, en sa présence, une coupe de saké, en faisant le serment de ne nous vouer aucune inimitié. Mais les gens de la maison de Yokota, ayant entendu dire que je nourrissais de mauvais desseins à leur endroit, finirent par s'en aller en Chikuzen. C'est alors que le seigneur Sansai me fit savoir qu'il m'accordait d'utiliser le caractère *oki* qui entre dans son nom, Tadaoki, pour transcrire le mien, Okitsu, m'invitant à en modifier ainsi la graphie.

Deux ans après ces événements, le 6e jour du 9e mois de la 3e année de Kan.ei, Sa Majesté daigna se rendre au Palais de la Deuxième Avenue, et fit savoir au seigneur Myôge-in qu'Elle souhaitait de ce fameux encens; le seigneur Lui en fit l'hommage. Sa Majesté daigna exprimer son admiration, et, Se rappelant le poème ancien :

Qui pourra prétendre
Qu'elle a sa pareille
La fleur du blanc chrysanthème
Dont le parfum se prolonge
A l'arrière-automne ?

Elle lui décerna le nom de Chrysanthème Blanc. Ce bois d'encens que j'avais acquis, voilà qu'il avait l'heur d'être loué par notre auguste souverain, pour la plus grande gloire de la maison de mon seigneur ! Ce bonheur, qui surpassait toute attente, m'arracha des larmes.

Par la suite, je jouis aussi de la faveur particulière du seigneur Myôge-in. La 9e année de Kan.ei, à l'occasion de la redistribution des fiefs, le seigneur Sansai me prit en service dans son château de Yatsushiro. De plus, lorsqu'il monta à la capitale, il me permit de faire partie de son escorte.

Sur ces entrefaites, la 14e année de Kan.ei (1637), eut lieu l'expédition de Shimabara. Je fus affecté à la garde du frère cadet du seigneur Myôge-in, le seigneur Nakatsukasa Shôyû Tatsutaka, qui me confia l'une de ses bannières. Le 22e jour du 2e mois de l'année suivante, cette bannière fut la première à être plantée sur la brèche que nos gens venaient d'ouvrir ; mais, atteint d'une balle à la cuisse gauche, je dus abandonner le combat. J'étais alors dans ma quarante-cinquième année. La 16e année de Kan.ei, remis de ma blessure, je fus affecté à Edo.

La 18e année de Kan.ei, le seigneur Myôge-in fut frappé d'un mal subit qui l'emporta, du vivant de son père. C'est alors que notre seigneur Higo-no-kami Mitsuhisa lui succéda à la tête de sa maison. La même année, le 2e jour du 9e mois, mourut mon père Yagoemon Kagekazu. Puis, la 2e année de Shôhô (1645), notre seigneur Sansai s'éteignit à son tour. Avant lui, la 13e année de Kan.ei, le seigneur Chûnagon de Sendai, qui prisait si fort ce bois d'encens dont nous nous étions partagé le lot, était mort lui aussi dans son château de Wakabayashi. Il comptait, dit-on, au nombre de ses trésors les plus rares cet encens tiré de la surbille, et lui avait donné le nom de Barque de Branchages, en souvenir du poème ancien qui dit :

Portant sur moi
La tristesse de ce monde
Comme la barque chargée de branchages,
Avant même qu'on me brûle
Irai-je me consumant [4] ?

Je me mis à réfléchir longuement sur ce qui s'était passé depuis que mon père était entré au service de cette maison : il va sans dire que lui-même ainsi que mon frère aîné avaient joui d'une faveur exceptionnelle ; moi-même, lorsqu'à Nagasaki j'avais tué mon compagnon de mission Yokota Seibê, le seigneur Shôkô-ji avait daigné épargner ma vie. Maintenant que le

4. Selon un procédé rhétorique classique, le dernier vers exige double lecture, *kogare* pouvant signifier « se consumer » et « être conduit à la rame ».

maître qui m'avait rétabli dans sa grâce avait quitté ce monde, comment pouvais-je rester en vie ? C'est ainsi que je pris ma décision.

Il y a quelques années, quand s'éteignit le seigneur Myôge-in, dix-neuf hommes l'ont suivi dans la mort ; il y a deux ans, quand disparut le seigneur Shôkô-ji, quatre hommes ont immédiatement accompli le suicide d'accompagnement : Minota Heishichi Masamoto, Ono Dembê Tomotsugu, Kuno Yoemon Munenao et Hôsen-in Shôen-gyôja.

Le bisaïeul de Minota, un nommé Izumi, conseiller seigneurial de Sagara Tôtômi-no-kami, était mort sur le champ de bataille aux côtés de son suzerain. Son aïeul Wakasa, son père Ushinosuke, menèrent une vie errante. Quant à Heishichi lui-même, il avait été gratifié par le seigneur Sansai d'un fief d'une valeur de cinq cents setiers de riz. Il était dans sa vingt-troisième année quand il s'ouvrit le ventre ; le page Isobe Chôgorô remplit l'office d'assistant.

Les Ono, du pays de Tango, étaient au service de la maison de notre seigneur depuis la génération du grand-père de Dembê, Imayasu Tarozaemon. Il arriva un jour que le père de Dembê, Tanaka Jinzaemon, ayant enfreint les ordres de son maître, déserta la résidence seigneuriale d'Edo. Le seigneur ordonna alors à Dembê, qu'il avait pris à son service personnel, de partir à la recherche de son père et de le ramener ; s'il revenait sans lui, il subirait le châtiment prévu pour le coupable. Dembê parcourut province après province sans pouvoir le retrouver, puis il revint auprès de son maître. Le seigneur Sansai déclara qu'il était admirable que Dembê fût revenu sans craindre le châtiment suprême, et l'épargna. Jugeant que cette faveur lui créait un devoir, Dembê s'ouvrit le ventre. Son assistant fut Isoda Jûrô.

Kuno avait été engagé au service du seigneur Yûsai dans le pays de Tango, puis s'était vu attribuer un nouveau fief, d'une valeur de cent cinquante setiers de riz, pour s'être bien conduit lors du siège du château de Tanabe. Yano Matasaburô lui servit d'assistant.

Quant à Hôsen-in, c'était un ascète itinérant, chargé des sonneries de conque lors des combats. Il était fils d'Ishii Bingo-no-kami Yoshimura, le frère cadet de Tsutsui Junkei. On dit que son assistant fut un ascète itinérant de ses amis.

Le récit de leur conduite éveilla mon envie, et je me sentis piqué au vif. Mais comme il me restait des tâches à accomplir à la résidence d'Edo durant l'absence de notre maître, et que je ne pouvais guère m'en décharger sur d'autres, j'ai laissé passer vainement de longs mois.

Sur ces entrefaites, la dépouille du seigneur Shôkô-ji fut incinérée dans le Taishô-in à Yatsushiro ; mais, conformément à ses dernières volontés, l'année dernière, au 11e jour du 1er mois, Sen.yo du Taishô-in ramena ses cendres à Kyôto. Faisaient partie de l'escorte : Nagaoka Kawachi Kagenori, Kaku Sakuzaemon Ietsugu, Yamada San.emon, Sakata Genzaemon Hidenobu, Yoshida Ken.an. Arrivés à Kyôto le 24e jour du mois, ils déposèrent ses restes dans le Kôtô-in du temple Daitoku-ji, dans le quartier de Murasakino. Le seigneur en était convenu de son vivant avec le supérieur du temple, Seigan.

Or donc, cette année, quitte de mes obligations de service, j'ai exprimé devant notre maître le désir que je nourris depuis si longtemps, et il a daigné prendre en considération cette volonté irrévocable. Le matin du 29e jour du 10e mois, je suis allé prendre congé de lui ; il m'a offert une collation, puis servi du thé de sa propre main ; enfin il m'a gratifié de deux vêtements doublés de rouge, écussonnés aux armes de sa maison, à neuf disques figurant les neuf astres. Quand je me fus retiré, il voulut bien me dépêcher les sieurs Hayashi Geki et Fujisaki Sakuzaemon, pour me dire de ne point m'inquiéter de ce qui se passerait après moi ; et il daigna me dédier un poème d'adieu. Dans sa bienveillance, il me conseilla de n'agir, une fois arrivé à Kyôto, qu'après avoir consulté en tout point Furuhashi Kozaemon. D'autre part, les sieurs Hotta Kaga-no-kami et Inaba Noto-no-kami voulurent bien me dédier aussi un poème. Quand je quittai Edo, le 2e jour du 11e mois, le sieur Tanaka Sahê m'accompagna jusqu'à Shinagawa, en qualité de représentant de notre maître.

Arrivé à Kyôto, j'ai demandé l'hospitalité à mon frère cadet Matajirô, le maître de la maison où j'écris ces lignes. C'est donc à lui que je lègue mon sabre, à titre de souvenir, quand tout sera accompli.

Voici les noms des personnes qui m'ont dédié un poème d'adieu : les seigneurs Karasumaru Dainagon Sukeyoshi et Uramatsu Saishô Sukekiyo, le Supérieur du Daitoku-ji Seigan, les Abbés des temples Nanzen-ji, Myôshin-ji, Tenryû-ji, Shôkoku-ji, Kennin-ji, Tôfuku-ji, ainsi que du Kôfuku-ji de Nara.

Pour ce qui est de l'endroit où je m'ouvrirai le ventre demain, il paraît que l'on a, sur le conseil du sieur Furuhashi, fait bâtir un petit abri au pied de la colline de Funaoka. De l'entrée du Daitoku-ji jusque-là, sur une distance d'environ une demie lieue, on a couvert le sol de plus de trois mille huit cents grossières nattes de paille. Dans l'abri lui-même, on a placé un *tatami* tendu d'une étoffe blanche. Tout cela a une allure bien cérémonieuse qui me contrarie, mais tels sont les ordres de notre maître, que je ne puis discuter. Les témoins officiels seront le sieur Tani Kuranosuke, représentant personnel de notre seigneur, ainsi que les conseillers seigneuriaux Nagaoka Yohachirô et Hanzaemon. Le Supérieur du Daitoku-ji, Seigan Jitsudô, m'accordera aussi sa présence. Mon fils Saiemon sera là. J'ai déjà demandé au sieur Nomi Ichirobê Katsuyoshi d'être mon assistant. J'ai choisi pour nom posthume Kohô-fuhaku. Bien que ma personne soit insignifiante, je ne veux pas que mes derniers moments soient laids.

Je destine ce testament à mon fils Saiemon ; qu'il soit transmis à mes descendants de génération en génération, afin qu'héritant ma détermination, ils se distinguent par leur fidélité à la maison de nos maîtres.

Fait le 1er jour du 12e mois de
la 4e année de Shôhô (1647)
Signé Okitsu Yagoemon Kageyoshi
Adressé au sieur Okitsu Saiemon

Le 2e jour du 12e mois de la 4e année de Shôhô, Okitsu Yagoemon Kageyoshi se rendit sur la tombe du Kôtô-in au Daitoku-ji ; de là il gagna le petit logis construit au pied de la colline de Funaoka. Il prit place sur le *tatami* et empoigna son sabre court. Puis il tourna la tête vers Nomi Ichirobê qui se tenait debout derrière lui et lui dit : « Je compte sur toi. » A travers son vêtement blanc immaculé, il se fendit le ventre trois fois de gauche à droite, comme lorsqu'on trace le caractère *san* [5]. Nomi le frappa de son sabre à la nuque, mais d'un coup légèrement trop faible. Yagoemon lui dit : « Perce-moi la gorge ! » Mais avant que Nomi ait eu le temps d'abaisser encore une fois le bras, Yagoemon expira.

Formant comme une haie tout autour du petit logis, le peuple de Kyôto, jeunes et vieux, hommes et femmes, s'était massé pour voir. Parmi les poèmes qui furent improvisés à cette occasion figure celui-ci :

Elevant jusqu'au ciel
Un renom sans égal
Okitsu Yagoemon
A poussé un grand cri
Et s'est ouvert le ventre pour suivre son Seigneur [6].

5. Première syllabe du nom du seigneur Sansai.
6. Ce poème joue sur l'homophonie du nom d'Okitsu Yagoemon avec *(age)okitsu* : « élevant », et *yagoe* : « cri rauque ».

Voici le tableau généalogique des Okitsu :

- Uhyôe Kagemichi
  - Yagoemon Kagekazu
    - Kurobê Kazutomo
    - *Yagoemon Kageyoshi*
      - Saiemon Kazusada
        - Yagoemon
          - Yachûta
            - Kurôji
              - Kurobê
                - Eiki
                  - Saiemon
                    - Yagoemon
    - Sakudayû Kageyuki
      - Yagodayû
    - Shirôemon Kagetoki
      - Shirobê
        - Sakuemon
          - Noboru
            - Shirobê
              - Uheita
                - Junji
                  - Kumaki
                    - Noboru
    - Hachisuke (Muneharu)
    - Matajirô
      - Ichirôzaemon

Le fils héritier de Yagoemon Kageyoshi, Saiemon Kazusada, reçut un fief d'une valeur de deux cents setiers de riz ; il servit dans l'armée et parvint au grade de chef d'une compagnie de trente fusiliers ; il mourut de maladie la 1re année de Hôei (1704) ; il représentait la quatrième génération à compter d'Uhyôe Kagemichi. A la cinquième génération, Yagoemon servit dans l'armée et parvint au grade de chef d'un peloton de dix fusiliers ; il mourut de maladie la 4e année de Gembun (1739). A la sixième génération, Yachûta était dans le service de garde ; il se retira la 6e année de Hôreki (1756). A la septième génération, Kurôji était dans le service de garde ; il se retira la 5e année d'An.ei (1776). A la huitième génération, Kurobê, fils adoptif, était dans le service de garde ; il mourut de maladie la 1re année de Bunka (1804). A la neuvième génération, Eiki, fils adoptif, était dans le service de garde ; il mourut de maladie la 9e année de Bunsei (1826). A la dixième génération, Yachûta, fils héritier d'Eiki, prit par la suite le nom de Saiemon ; il était dans le service de garde, et mourut de maladie la 1re année de Man.en (1860). A la onzième génération, Yagoemon, fils cadet de Saiemon, prit par la suite le nom de Sôya ; il se distingua au tir au chien ; il fut nommé dans la garde la 3e année de Meiji (1870).

Le père de Yagoemon Kageyoshi, Kagekazu, avait eu six fils. L'aîné était Kurobê Kazutomo, le second, Kageyoshi. Le troisième, Hanzaburô, se fit par la suite appeler Sakudayû Kageyuki. Il mourut de maladie la 5e année de Keian (1652). Son fils Yagodayû mourut de maladie la 11e année de Kambun (1671), et avec lui s'éteignit la lignée.

Le quatrième fils de Kagekazu, Chûta, se fit par la suite appeler Shirôemon Kagetoki. Il avait accompli des exploits dans l'armée du seigneur Sansai au cours de la campagne d'été contre Ôsaka, la 1re année de Genna (1615), mais, lors de la distribution des récompenses, il les refusa en prétendant avoir de bonnes raisons pour ce faire, ce qui lui valut d'être expulsé. Il changea alors son nom de famille en celui de Teramoto, alla à Kameyama en Ise, où il entra au service de Honda Shimôsa-no-kami Toshitsugu. Il fut commissaire de Sakanoshita, Seki et Kameyama. L'hiver de la 14e année de Kan.ei (1637), lorsque les troubles de Shimabara amenèrent tous les seigneurs des régions de l'Ouest à quitter Edo en hâte pour rejoindre leurs fiefs, Hosokawa Etchû-no-kami Tsunatoshi et Kuroda Uemonnosuke Mitsuyuki partirent le même jour. Or, au moment de s'engager sur la route du Tôkaidô, ils s'aperçurent que l'on manquait d'hommes et de chevaux. Mitsuyuki réussit à prendre un jour d'avance. C'est alors que Teramoto Shirobê emprunta à son frère cadet Matajirô qui se trouvait à Kyôto une somme de sept cents *ryô*, avec laquelle il acheta tous les hommes et tous les chevaux de Sakanoshita, Seki et Kameyama, et alla les cacher en pleine montagne. Puis il attendit le passage de Tsunatoshi et les lui remit. Ainsi Tsunatoshi put-il rattraper et dépasser Mitsuyuki aux relais de Tsuchiyama-Minaguchi. Dans sa joie, il s'attacha ce Shirobê, fils cadet de Shirôemon, qui résidait alors à Edo.

Le fils héritier de Shirobê, Sakuemon, fut gratifié de vingt setiers de riz en plus de l'appointement pour l'entretien de cinq personnes, et fut affecté au corps des pages ; il mourut de maladie la 4ᵉ année de Genroku (1691). Son fils Noboru fut employé par Etchû-no-kami Nobunori, le revenu de son fief et de son office se montant à sept cents setiers de riz ; il garda son service lorsqu'Etchû-no-kami Munetaka devint chef de la maison des Hosokawa ; il se retira la 3ᵉ année de Gembun (1738). Son fils Shirobê exerçait les fonctions de commissaire aux équipages, lorsque, la 3ᵉ année de Kan.en, à la suite d'un acte d'indiscipline, il se vit confisquer son fief et sa résidence. Son fils Uheita servit d'abord Etchû-no-kami Shigekata, puis il fut attaché à la personne de Nakatsukasa Taiyû Harutoshi, avec un salaire de cent cinquante setiers. Par la suite, il fut intégré au corps des chefs d'escouade et attaché au service de la Demoiselle Tsunahime. Il se retira la 2ᵉ année de Bunka (1805). Son fils héritier Junji était passé maître dans l'art militaire et au tir à l'arc, mais il mourut de maladie la 5ᵉ année de Bunka. Son fils adoptif Kumaki était en réalité le troisième fils de Yamano Kanzaemon. Il bénéficia d'une allocation de vingt setiers de riz et servit comme page. Il mourut de maladie la 8ᵉ année de Tempô (1837). Son fils héritier Eiichirô prit ensuite le nom de Shirôemon. Il fut intendant du Tamana, et intégré au corps des chefs d'escouade. La 3ᵉ année de Meiji (1870), il fut nommé Attaché aux Tribunaux, et prit le nom de Noboru.

Le cinquième fils de Kagekazu, Hachisuke, resta impotent à la suite d'une blessure qu'il s'était faite au pied dans sa troisième année. Il changea son nom en Muneharu, et mourut de maladie la 12e année de Kambun (1672). Le sixième fils de Kagekazu, Matajirô, vécut à Kyôto. Il adopta Ichirôzaemon, le petit-fils de Sano Kanjûrô, du pays de Harima.

Traduit et présenté par Jacqueline Pigeot.

TAYAMA Katai

Voie ferrée

(Senro)

Tayama Katai ou l'orphelin sans faiblesse, pourrait-on dire. Originaire de la préfecture montagneuse de Gumma, il perd ses parents à l'âge de six ans à peine, en 1877 ; et ne peut, faute de pain, entrer à l'école primaire. Qu'à cela ne tienne, le jeune Katai apprendra seul — commis à neuf ans au fond d'une librairie de Tôkyô — les 4 000 ou 5 000 caractères qui permettent à tout Japonais de lire. Tenace, à vingt ans il décide de se consacrer à la littérature et compte déjà parmi ses amis Ozaki Kôyô. Il continue néanmoins de travailler dur : un second emploi dans une librairie sera pour lui l'occasion de se mettre au français et de découvrir Zola, Flaubert, Maupassant. De là à faire partie de l'école naturaliste japonaise ou Shizenshugi *il n'y a qu'un pas que Katai franchit en 1896 avec notamment l'appui de l'écrivain Shimazaki Tôson, auteur de* La Rupture de l'Interdit (Hakai). *Sa ténacité est récompensée par sa nomination en 1906 à la tête de la revue* Bunshô-Sekai *et dès l'année suivante paraît* La Couverture (Futon) *qui tient une place de choix parmi les œuvres du Naturalisme japonais. On pressent alors Katai pour un chef d'école ; mais il préfère demeurer à l'écart. Il travaille sans relâche à son œuvre qui se caractérise par le mépris du moi, l'observation fouillée et la peinture crue comme en témoigne la nouvelle présentée ici :* Voie ferrée (Senro) *parue en juin 1912.*

C'est en plein travail que Katai s'éteindra en 1930.

Cette nouvelle a été traduite en anglais par K.G. Henshall sous le titre de The railway track *dans le recueil :* The quilt and other stories (Univ. of Tôkyô Press, 1980).

Le train s'était déjà éloigné de la gare quand il s'immobilisa brusquement, mais doucement, dans une lente oscillation. Le signal d'alarme retentit :

— Holà ! Qu'est-ce qui se passe ?

Les voyageurs échangèrent des regards. Les uns passèrent leur tête par les fenêtres. D'autres s'approchèrent de la vitre et demandèrent :

— Il y a quelqu'un d'écrasé ?

L'endroit avait tout l'aspect d'une banlieue, avec sa succession, sur les deux côtés du train, de maisons sales et basses, où on voyait pendre des lignes de langes délavés. Sur de longues palissades de tôle étaient placardées de grandes affiches publicitaires. Dans l'intervalle qui séparait la route de la voie ferrée couraient des haies basses de mandariniers sauvages, foisonnantes de bourgeons nouveaux. Au-delà, une étendue d'herbe verte était visible, à la manière d'un tapis.

— Il y a un enfant d'écrasé.

La phrase jaillit d'on ne sait qui, puis d'un wagon à l'autre la nouvelle vola de bouche en bouche. Une ou deux minutes s'écoulèrent et un attroupement de gens venus de tous côtés se forma. Des voyageurs descendirent aussi du train et accoururent tout spécialement pour voir.

Franchissant la clôture qui bornait l'étendue d'herbe verte, un homme qui avait tout d'un livreur de saké, bondit de ce côté, se dirigea vers l'endroit où se tenaient deux ou trois enfants, fit mine de les questionner avec insistance et s'approcha du train.

Les uns après les autres, les gens affluaient.

Un agent de police se précipita, son sabre dans la main gauche, et se fraya un chemin à travers la foule, l'air réprobateur. Tout l'intérieur du wagon était bouleversé. Les voyageurs avaient tous le visage sombre. Que la victime fût un enfant semblait d'autant plus avoir ému les cœurs. Une femme de trente-sept, trente-huit ans, vêtue d'un manteau, qui accompagnait une mignonne fillette de six, sept ans environ s'exclama :

— Pourquoi diable un enfant se promenait-il à cet endroit-là ?

Des voix s'élevèrent en écho :

— Quelle négligence de la part des parents que de le laisser aller là, vraiment !

— Quel âge avait-il ? cinq ans ? cinq ans probablement ! On est si mignon à cet âge, si innocent... Sans doute était-il accompagné ?

— Tenez, les voilà, ceux qui se trouvaient avec lui !

Un homme qui se tenait sur la droite renseigna les femmes qui virent alors trois enfants entourés par la foule devant l'étendue d'herbe verte. On leur donnait entre sept et dix ans, la plus âgée était coiffée en double chignon et portait un tablier en mérinos rouge. Cette fillette avait commencé par donner de nombreux renseignements avec force gestes et paroles, puis elle finit par pleurer en enfouissant son visage dans ses manches comme si elle se rendait compte soudain de ce qu'avaient vu ses yeux d'enfant.

Le train se remit en marche tranquillement.

Sur le côté gauche du convoi, on pouvait distinguer les visages des voyageurs massés sur plusieurs rangs.

Le train tranquillement... tranquillement...

Tout d'abord, on apercevait l'eau sale, trouble et grise d'un canal. Un bateau rempli de boue était amarré là. Le bruit du train traversant le pont jeté sur le canal s'élevait, un peu assourdissant et on découvrait bientôt, jouxtant canal et voie ferrée, un petit talus d'herbe. Le vert de l'herbe... un bouquet de fleurs éparpillées... le rouge du sang... de petits morceaux écarlates du corps démembré... le long sabre de l'agent... la foule...

— Dieu quelle horreur ! dit une femme qui resta longtemps immobile, la tête enfouie dans ses deux mains.

— Dire que je me trouve justement dans ce train !

— Et les parents ? Comment peuvent-ils bien être ?

Des voix s'élevaient mêlées au mugissement du train.

— Mais pourquoi ai-je vu cela ? Il aurait mieux valu que je ne voie rien. Quelle horreur ! dit une jeune fille, bouleversée.

A l'intérieur du wagon, les femmes poussaient des soupirs de soulagement comme réchappées à grand-peine des tourments d'un horrible destin.

Il n'y avait pas de mères pour ne pas penser aux enfants du même âge laissés à la maison. Les personnes qui, effectivement, faisaient le voyage accompagnées de leurs enfants, veillaient avec fermeté à ne pas s'en séparer.

— Vraiment, on ne peut pas se permettre de distraction.

— Impossible de rester indifférent.

Les mêmes réflexions revenaient sans cesse.

— Il se trouvait alors au milieu de la voie ferrée. Mais pourquoi donc venir jouer dans cet endroit ? Sans doute voulait-il cueillir des fleurs... Evidemment à cinq, six ans, on n'a pas conscience du danger.

Le train passa deux, trois gares, mais il ne semblait pas facile d'épuiser le sujet. Les voyageurs gardèrent longtemps une vision nette de ces petits morceaux écarlates.

De chaque côté du train qui continuait sa course défilaient de pauvres bourgades de campagnes, des toitures de chaume fleuries d'iris, de magnifiques villas construites sur des collines. Chaque fois que de nouveaux venus montaient, il se trouvait des voyageurs pour s'empresser de les informer :

— Vous savez, ce train vient d'écraser un enfant de cinq ans environ.

Les derniers montés, consternés de la malchance qui les avait conduits dans un tel train, écoutaient malgré tout cette histoire avec curiosité.

— Pauvre enfant !

S'il s'agissait de femmes, elles montraient leur compassion. A peine s'éloignait-elle que la scène était de nouveau évoquée. Pendant que le train longeait de nombreuses pinèdes qui bordaient la mer, une mère qui accompagnait une fillette du même âge que la victime et qui, après l'avoir tenue sur ses genoux sans s'en séparer, l'avait assise près de la fenêtre, sortit d'un sac une grosse mandarine, la pela minutieusement et l'introduisit quartier par quartier dans la bouche de l'enfant. Une fillette qui devait avoir onze, douze ans, coiffée de tresses, s'était approchée délibérément de la fenêtre et contemplait la surface de la mer qui brillait au loin.

— Ouf, nous voilà enfin arrivés ! Qu'est-ce que je me suis fait comme souci ! J'avais tellement peur qu'il arrive autre chose ! Un malheur n'arrive jamais seul !... Quel cauchemar ce train ! Mais quel cauchemar ! dit la femme qui avait enfoui son visage dans ses deux mains quand elle avait vu le corps de l'enfant, et elle retira son bagage du filet ; puis elle descendit à un arrêt en pleine pinède. Les petits parterres de la gare étaient fleuris de splendides œillets écarlates.

Les nouveaux voyageurs étaient devenus les plus nombreux. Même l'homme qui n'avait cessé de répéter l'histoire de l'enfant écrasé, avait fini par descendre. Bientôt ces derniers voyageurs se mirent à se raconter de nouvelles histoires en riant.

Traduit et présenté par Pascale Montupet.

KAJII Motojirô

Le citron

(Lemon)

La maladie et les difficultés matérielles ont lourdement pesé sur la vie de Kajii Motojirô (1901-1932). Il entre au lycée de Kyôto pour se préparer à devenir ingénieur, mais au contact de ses camarades, il s'initie à la littérature et découvre la nouvelle génération des écrivains japonais, avec Tanizaki Jun.ichirô, Shiga Naoya, Arishima Takeo et Mushanokôji Saneatsu. Pendant ses dernières années de collège, il mène une vie déréglée et néglige sa santé aussi bien que ses études ; c'est à cette époque qu'il commence à écrire.

En 1924, il est admis à l'Université Impériale de Tôkyô. Avec d'autres étudiants, anciens condisciples de Kyôto, il fonde la revue Aozora (Le Ciel bleu) *qui paraît de janvier 1925 à juin 1927 et dans laquelle il publie ses premières nouvelles importantes ; c'est dans le premier numéro que paraît le récit présenté ici.*

Lors d'une cure de repos dans la pénisule d'Izu, il se lie avec Kawabata Yasunari qu'il admire. Jusqu'à sa mort prématurée, en mars 1932, il publie de nouveaux récits dans diverses revues. Son état s'aggravant, ses amis, Miyoshi Tatsuji et Yodono Ryûzô, s'empressent de faire paraître en mai 1931 le premier recueil de ses nouvelles sous le titre de Remon (Le Citron). *Sa dernière nouvelle,* Nonki na kanja (Le Malade insouciant) *paraît dans le numéro de janvier 1932 de la célèbre revue* Chûô Kôron *qui la lui avait commandée.*

Bien que Kajii Motojirô ne soit pas considéré comme une figure majeure de la littérature japonaise, Le Citron *est tenu pour un classique de la prose poétique.*

Une masse indéfinissable et de mauvais augure me comprimait sans cesse le cœur. Etait-ce de l'irritation ou du dégoût ? C'était comme la nausée d'un lendemain d'ivresse, qui dure quand on boit du saké tous les jours. J'en étais là. Ce n'était pas brillant. Ce qui n'allait pas, ce n'était pas le catarrhe chronique ni la neurasthénie. Et ce n'était pas non plus les dettes qui me brûlaient le dos. Ce qui n'allait pas, c'était cette masse de mauvais augure. J'en étais arrivé à ne plus supporter, si belles soient-elles, aucune des musiques ni aucune des strophes de poèmes que j'aimais tant autrefois. Même lorsque j'allais chez quelqu'un exprès pour écouter de la musique au gramophone, l'envie de me lever me saisissait dès les deux ou trois premières mesures ; quelque chose m'empêchait de rester en place. Ainsi, je continuais à errer, sans cesse, d'un quartier à l'autre.

Je me souviens qu'à cette époque, j'étais, je ne sais pourquoi, fortement attiré par des choses à la fois belles et misérables.

Comme paysages, j'aimais les quartiers délabrés, et dans ces quartiers, à la froideur des artères principales, je préférais l'intimité des ruelles de derrière avec le pauvre linge qui sèche, le bric-à-brac des vieilleries qui traînent, et les intérieurs sordides entrevus au passage. Rongés par la pluie et le vent, avec leurs murs en pisé à moitié effondrés et leurs façades mal alignées, ces quartiers qui retourneront bientôt à la terre ont leur cachet ; seules les plantes y sont vigoureuses, et on est surpris tantôt par un tournesol, tantôt par un canna en fleur.

De temps en temps, en marchant dans de telles rues, je m'efforçais de créer l'illusion que soudain ce n'était plus Kyôto, mais par exemple Sendai ou Nagasaki, à plusieurs centaines de lieues, et que j'étais maintenant dans une de ces villes. Si cela avait été possible, j'aurais voulu fuir de cet endroit pour aller dans un ailleurs inconnu. Tout d'abord, le repos complet. Une chambre dans un hôtel désert. La literie immaculée. La moustiquaire qui sent bon et le kimono de coton bien empesé. Rester là un bon mois, allongé, sans penser à rien. Ah ! Si l'endroit où je me trouvais était devenu tout d'un coup cette autre ville !

— Quand enfin l'hallucination commençait à prendre corps, je la peignais touche par touche aux couleurs de mon imagination. C'était tout simplement la superposition de cette hallucination et du quartier en décomposition. Et je trouvais de la jouissance à y perdre mon moi réel.

Je m'étais mis aussi à aimer ces choses qu'on appelle feux d'artifice. Le feu d'artifice en lui-même était secondaire ; ce que j'aimais, c'étaient les paquets de fusées avec leurs dessins à rayures de toutes sortes, aux couleurs de pacotille, rouge, violet, jaune, bleu, et leurs noms : « Descente d'étoiles sur le Chûzan-ji », « Bataille de fleurs », « Gerbe de roseaux fanés ». Il y avait aussi celui qu'on appelait « Les souris », en forme d'anneau et vendu en boîte. Cette sorte d'objet m'excitait étrangement.

Je m'étais mis aussi à aimer les « vidros », ces pastilles en verre coloré, avec un dessin de dorade ou de fleur en relief, et les perles de verre. Et les lécher me procurait un plaisir inexprimable. Y a-t-il une saveur aussi fraîche et aussi subtile que celle des « vidros » ? Enfant, j'en mettais souvent dans ma bouche et me faisais gronder par mes parents ; c'était peut-être parce que ce doux souvenir d'enfance me revenait à un moment où, adulte, j'étais tombé si bas, que flottait dans leur goût cette saveur subtile, rafraîchissante et d'une beauté quasi poétique.

Comme on l'aura deviné, je n'avais pas d'argent du tout. Pourtant, quand mon cœur était, si peu que ce soit, remué à la vue de tels objets, j'avais besoin de faire une folie pour me consoler. Une folie à deux ou trois sous, mais de luxe. Un bel objet, ou plutôt un objet qui excitait mes antennes paresseuses. Cela m'apportait un réconfort naturel.

Maruzen, par exemple, est un des lieux que j'aimais autrefois, quand ma vie n'était pas encore rongée. L'eau de Cologne ou de quinine, rouge ou jaune ; les flacons raffinés de parfum, couleur d'ambre ou de jade, élégamment taillés ou ornés de motifs en relief d'un goût rococo ; les pipes longues et minces, les canifs, les savons, les cigarettes ; il m'arrivait de perdre une petite heure à regarder tout cela. Finalement, je ne m'offrais que le luxe d'acheter un crayon de la meilleure qualité. Mais maintenant Maruzen n'était pour moi qu'un endroit étouffant. Les livres, les étudiants, la caisse, m'apparaissaient comme des spectres de créanciers.

Un matin, — je vivais alors tantôt chez un ami tantôt chez un autre, faisant le tour de leurs pensions — une fois mon camarade parti au lycée, je me trouvai tout seul dans une atmosphère vide. De nouveau il fallut que je sorte pour errer. Quelque chose me chassait. Je marchai d'un quartier à l'autre par les petites rues dont je parlais tout à l'heure, m'arrêtant devant une boutique de gâteaux bon marché ou contemplant les fines galettes de pâte de soja, les crevettes et les morues séchées dans une épicerie, pour descendre finalement la rue Teramachi jusqu'à la fruiterie du côté de la rue Nijô.

Je ne la décrirai que brièvement ; de toutes les boutiques que je connaissais, c'est celle que je préférais. Ce n'était pas un magasin superbe, mais on y ressentait très crûment la beauté particulière aux fruiteries. Les fruits étaient disposés sur un étal assez fortement incliné qui semblait être une vieille planche laquée de noir. Quelque chose, comme le flot d'un bel et brillant allegro mis en face de la Gorgone qui changeait en pierre ceux qui la regardaient, un allegro dont l'écoulement se serait ainsi figé dans ces couleurs et ces volumes, voilà comment les fruits étaient alignés. Les légumes, eux aussi, étaient empilés de plus en plus haut vers le fond ; les feuilles de carottes y étaient vraiment d'une extraordinaire beauté ; et aussi les haricots qui trempaient dans l'eau, et les sagittaires.

C'était surtout la nuit que cette maison était belle. Avec la lumière des vitrines se déversant à flots, la rue Teramachi était dans l'ensemble une rue animée, mais tout de même beaucoup plus paisible que celles de Tôkyô ou d'Ôsaka. Pour une raison inconnue, seuls les contours de cette devanture étaient étrangement sombres. C'était naturel, un de ses côtés formant l'angle avec la rue Nijô qui était noire aussi, mais il était troublant que la maison voisine, bien que située dans la rue Teramachi, fût obscure également. Pourtant, si cette maison ne l'avait pas été, je pense qu'elle ne m'aurait pas tellement séduit. Autre chose encore : l'auvent qui dépassait et qui ressemblait à la visière d'une casquette enfoncée jusqu'aux yeux — plus qu'une simple image, c'était vraiment au point qu'on se disait : « Tiens, cette boutique là-bas baisse sacrément la visière de sa casquette ! », — au-dessus de l'auvent, c'était encore l'obscurité totale. Ainsi, comme il faisait si noir alentour, rien de cette scène magnifique ne pouvait détourner la splendeur des nombreuses ampoules accrochées à la devanture, dont la lumière se déversait à profusion comme une pluie d'orange. Même à Teramachi, rares étaient les choses qui m'intéressaient autant, à chaque fois, que la vue de cette fruiterie quand je la contemplais debout dans la rue, les longues vrilles des ampoules nues me perçant les yeux, ou bien à travers la fenêtre du premier étage du café voisin, « Kagiya ».

Ce jour-là, je fis exceptionnellement un achat dans cette fruiterie, parce qu'on y vendait par extraordinaire des citrons. Les citrons sont une chose tout à fait banale. Pourtant, je n'en avais pas vu souvent dans ce magasin qui, sans être misérable, était une boutique des quatre saisons ordinaire. Pour tout dire, j'aime les citrons. J'aime leur couleur pure, comme celle de la peinture « lemon yellow » durcie, sortie de son tube, j'aime leur forme fuselée, et leur taille ramassée. Finalement, je décidai d'en acheter un seul. Je marchai ensuite je ne sais où ni comment. Je marchai longtemps dans la rue. La masse de mauvais augure qui ne cessait de comprimer mon cœur semblait s'être quelque peu relâchée à l'instant où j'avais saisi le citron, et dans la rue, j'étais empli de bonheur. Ma mélancolie si tenace avait pu être dissipée par ce seul petit objet — si invraisemblable que ce soit, paradoxalement, c'était vrai. Tout de même, quelle drôle de chose que le cœur !

La froideur du citron m'était incomparablement agréable. En ce temps-là, j'avais les poumons malades et j'étais toujours fiévreux. Pour montrer ma fièvre je m'amusais à serrer les mains de mes camarades et ma paume était toujours la plus chaude. C'était sans doute à cause de cette fièvre que la fraîcheur du citron semblait pénétrer tout mon corps en partant de ma paume, et qu'elle me plaisait tant.

Je portai bien des fois ce fruit à mon nez pour le sentir. Son pays d'origine, la Californie, se présenta à mon imagination. L'expression « frapper le nez », dans « Paroles du Vendeur de Mandarines », que j'avais étudié en chinois classique, me revint à l'esprit. Et, comme j'aspirais à pleins poumons ses effluves parfumés, alors que je ne respirais jamais à fond, une bouffée de sang tiède me monta dans le corps et au visage, et une sorte de vigueur s'éveilla en moi...

En fait, cette sensation de froid si simple, à la fois tactile, olfactive et visuelle, s'harmonisait avec moi d'une façon étonnante au point de me donner envie de dire que je n'avais recherché qu'elle depuis toujours — surtout parce que cela se passait à cette époque-là.

Déjà saisi par une légère excitation et ressentant même une espèce de fierté, je marchais en évoquant le poète dandy qui parcourait les rues le front haut. J'essayais de mesurer les reflets de la couleur du citron en le posant sur mon mouchoir sale ou contre ma cape. Ou encore je me disais :

« En somme, c'est bien ce poids-là... »

C'était bien ce poids-là que j'avais cherché en vain depuis toujours et dans lequel, sans aucun doute, s'étaient converties toutes les choses bonnes et belles ; mon cœur gonflé d'orgueil étant à la plaisanterie, c'étaient ces bêtises qui me venaient à l'esprit — en tout cas, j'étais heureux.

Je marchai sans savoir où ni comment mais je me retrouvai pour finir devant Maruzen. Il me sembla que je pouvais entrer facilement ce jour-là dans ce Maruzen que je fuyais tant d'ordinaire.

Aujourd'hui, essayons d'entrer, pour voir », et j'entrai d'un pas décidé.

Sans que je comprenne pourquoi, cependant, le sentiment de bonheur qui m'emplissait s'enfuyait peu à peu. Mon esprit ne parvenait plus à prendre appui sur les flacons de parfum ni sur les pipes. La mélancolie s'épaississait, et je me dis que c'était la fatigue de la marche qui se faisait sentir. J'allais devant les étagères de livres d'art. Je pensai : « Ces lourds albums de reproductions, il me faudra encore plus de force que d'habitude pour les prendre ! » Je les pris cependant un par un, mais il ne me venait pas la moindre envie de les feuilleter avec quelque attention. Pourtant, comme sous le coup d'une malédiction, je pris encore le volume suivant. Ce fut la même chose. Malgré cela, je ne me sentis pas satisfait avant de l'avoir feuilleté une fois. Je ne pus en supporter davantage et je le reposai. Je ne pouvais même pas le remettre à sa place. Je recommençai avec plusieurs livres. Finalement je reposai aussi le gros volume orange sur Ingres que j'avais toujours aimé et qui me devenait insupportable. Quelle malédiction ! Il me restait de la fatigue dans les muscles de la main. Tout à fait mélancolique, je contemplai le tas que formaient les livres que j'avais pris.

Qu'était-il arrivé à ces livres d'art qui m'avaient tant attiré autrefois ? Jadis, après m'en être rempli les yeux page après page, je savourais l'étrange impression de discordance à me retrouver dans un cadre si banal...

« Ah ! mais oui, c'est ça... ! » Je me souvins à cet instant du citron dans la manche de mon kimono. Je pouvais rassembler pêle-mêle les couleurs des livres et les soumettre à l'épreuve du citron. « C'est ça ».

La légère excitation de l'instant précédent m'avait repris. J'entassais au hasard puis je détruisais précipitamment pour rebâtir en hâte. Je prenais de nouveaux livres et je les ajoutais ou bien j'en supprimais. L'étrange château fantastique devenait tour à tour rouge ou bleu.

Enfin ce fut terminé. Et, tout en réprimant les légers bonds de mon cœur, je plaçai précautionneusement le citron au sommet des remparts. C'était parfait.

Comme mon regard parcourait l'ensemble, la couleur du citron, qui avait sans bruit intégré l'harmonie des couleurs entrechoquées se détacha dans une extrême pureté. J'eus l'impression que l'atmosphère poussiéreuse de Maruzen se tendait étrangement, autour du seul citron. Je restai un moment en contemplation.

Soudain, j'eus une seconde idée, celle d'un complot bizarre qui m'effara plutôt :

— Laisser cela tel quel et sortir comme si de rien n'était.

Je me sentais singulièrement émoustillé : « Je sors ? Bon, allons-y ! » et je sortis avec précipitation.

Cette singulière sensation me fit sourire dans la rue. Si j'étais un malfaiteur diabolique venu placer une terrifiante bombe couleur d'or sur les étagères de Maruzen, et s'il y avait dans dix minutes une grande explosion partie du rayon des livres d'art, comme ce serait drôle !

Enthousiasmé, j'étais à la poursuite de ce rêve. « Comme ça, ce Mazuren où je me sentais si mal à l'aise serait complètement pulvérisé... ! »

Puis je descendis vers Kyôgoku où les affiches du cinématographe coloriaient les rues d'un charme étrange.

Traduit par Christine Kodoma.

TANIZAKI Jun.ichirô

Le Ki-lin

(Kirin)

Le Ki-lin, *paru en décembre 1910, contribua avec* Shisei (Le Tatouage) *publié le moins précédent, à attirer l'attention des milieux littéraires sur un jeune auteur alors inconnu, Tanizaki Jun.ichirô (1886-1965), qui devait s'imposer peu à peu comme l'un des romanciers majeurs de sa génération. C'est d'ailleurs l'un de ceux dont l'œuvre a été le plus abondamment traduite en français.*

Si Le Ki-lin *suscita l'intérêt, c'est que Tanizaki allait à contre-courant du « naturalisme » alors prédominant, au nom de la totale liberté de l'inspiration et du plaisir de l'image et du verbe. Désireux, à l'instar du Flaubert de* Salammbô, *de l'Oscar Wilde de* Salomé, *et surtout de l'Anatole France de* Thaïs *et de* Balthasar, *d'ouvrir la littérature à de nouveaux espaces, notamment celui de l'exotisme antiquisant, Tanizaki créait avec* Le Ki-lin *une nouvelle sorte de récit « historique ». Tout en se fondant sur des sources chinoises (notamment le* Lunyü, *le* Lieh-tzŭ *et le* Shih chi*) habilement exploitées, Tanizaki reconstruisait une Chine à son goût, c'est-à-dire échafaudait un théâtre de l'imaginaire : toute l'œuvre n'est-elle pas placée sous le signe du* ki-lin, *espèce de chimère du bestiaire fantastique chinois, au corps de daim, à la queue de buffle, aux sabots de cheval, dont l'apparition présageait la naissance d'un Sage ? Reconstruction stylistique aussi : certes, le jeune Tanizaki n'était pas le premier à polir des phrases imitées du « beau style » chinois (cf. le recours fréquent aux « expressions parallèles »), à aligner des caractères rares. Mais il ne le fait pas — ou pas seulement — par cuistrerie : plutôt par une gourmandise verbale à la Flaubert, par griserie d'images capiteuses et de mots insolites. On salue dans* Le Ki-lin *une tentative pour faire circuler un sang neuf dans le sino-japonais littéraire.*

Tanizaki ne tardera pas à abandonner cette esthétique, mais Le Ki-lin *annonce sur un point les grands romans de la maturité : on y voit apparaître, dans toute la crudité d'un portrait sans demi-teintes, la figure, centrale dans les fantasmes tanizakiens, de la femme fascinante et dévoreuse.*

Nouvelles de Tanizaki traduites en français :

Shisei (Le Tatouage), *traduction Madeleine Lévy, in* Le Promeneur, *V, 1982.*

Shunkin-shô, Ashikari, (Deux amours cruelles), *trad. Kikou Yamata, Stock, 1960.*

De nombreux romans ont été publiés aux éditions Gallimard.

Phénix, ô phénix,
Que ta vertu a décliné !
Sur le passé à quoi bon prêcher.
Mais le futur, on peut encore y parer.
Cesse donc, ho ! cesse !
Ceux qui de politique aujourd'hui se mêlent
S'exposent à de grands périls[1].

L'année 493 avant notre ère. D'après les chroniques de Tso ch'iu ming, de Mêng K'o ou encore de Szŭ ma ch'ien, au début du printemps, le prince Ting du pays de Lu célébrait la fête du ciel et de la terre en la treizième année de son règne ; Confucius quittait

1. Epigramme adressée à Confucius.

son pays natal pour répandre son enseignement, accompagné de plusieurs de ses disciples.

De jeunes pousses d'herbes envahissaient les bords du fleuve Szŭ shui, la couronne de neige au sommet des monts Fang shan, Ni ch'iu et Wu fêng avait fondu ; mais rien ne pouvait arrêter le vent du nord, violent comme les hordes mongoles, qui apportait le sable des déserts et exhalait les derniers râles d'un dur hiver. Tzŭ Kung, vif et gai, avançait en tête du groupe, son manteau de zibeline battant au vent. Yen Yüan, le regard sérieux et réfléchi, Tsêng Shen au visage franc le suivaient, chaussés de chanvre. Fan ch'ih, l'écuyer dévoué, menait le quadruple attelage ; de temps à autre il regardait à la dérobée le visage vieilli de Confucius installé sur le char et, en pensant à la pénible vie d'errance de son maître, il ne pouvait contenir ses larmes.

Un jour, ils parvinrent enfin à la frontière. Ils se retournèrent tous vers cette patrie qu'ils quittaient à regret ; le chemin qu'ils avaient suivi disparaissait derrière le Mont Kuei. Alors Confucius prit sa cithare et chanta, d'une voix triste et rauque :

> Je désire voir mon pays de Lu.
> Derrière le Mont Kuei il est caché.
> Je n'ai pas de hache entre les mains.
> Que faire de ce Mont Kuei ?

Puis ils se remirent en route vers le Nord ; après trois jours environ, ils se trouvèrent dans une vaste plaine où ils entendirent un chant paisible et insouciant. C'était un vieillard qui fredonnait un air tout en glanant à la lisière des champs, vêtu d'une peau de cerf, avec une corde en guise de ceinture.

— Que te dit ce chant ? demanda Confucius à l'adresse de Tzŭ Kung.

— Le chant de ce vieillard n'a pas de résonance mélancolique, comme les complaintes du Maître. Il chante en toute liberté, comme les oiseaux dans les airs.

— Bien vu. C'est justement un disciple de Lao tzŭ, le grand Maître d'antan. Il s'appelle Lin Lei, et doit avoir une bonne centaine d'années. Chaque printemps, depuis on ne sait quand, il sort glaner à la lisière des champs et se met à chanter comme cela. Que l'un d'entre vous aille lui parler.

Tzŭ Kung courut alors au devant du vieillard et lui demanda :

— Maître, vous voilà à glaner et à chanter. Auriez-vous le cœur en paix ?

Sans même lui accorder un regard, le vieillard, absorbé par sa glane, ne cessait pas de chanter au rythme de sa marche. Tzŭ Kung s'obstinait à le suivre et à l'interpeller. Le vieillard finit par s'arrêter et le considéra longuement.

— Pourquoi n'aurais-je pas le cœur en paix ?

— Vous n'avez rien accompli dans votre jeune âge. Dans votre âge mûr vous êtes resté à l'écart du siècle. Vous n'avez ni femme ni enfant pour consoler vos vieux jours. Votre dernière heure approche. Quel plaisir trouvez-vous à glaner en chantant ?

Le vieillard éclata de rire.

— Mes plaisirs, ce sont ceux que connaissent tous les hommes, mais eux, ils en font des souffrances. Je n'ai rien accompli dans mon jeune âge ; dans mon âge mûr je suis resté à l'écart du siècle ; je n'ai ni femme ni enfant pour consoler mes vieux jours. Ma dernière heure approche. Eh bien, c'est de tout cela que je me réjouis.

— Tous les mortels aspirent à une longue vie et redoutent la mort. Comment pouvez-vous, Maître, vous réjouir à l'idée de mourir ? demanda encore Tzŭ Kung.

— La naissance et la mort sont comme un départ et un retour. Mourir ici, c'est renaître ailleurs. Je sais qu'il est vain de s'accrocher obstinément à la vie. Mourir aujourd'hui ou naître hier, quelle différence ?

Et le vieillard se remit à chantonner. Tzŭ Kung ne sut comment interpréter ces paroles et les rapporta telles quelles à son maître.

— Ce vieillard comprend les choses. Il est sur la bonne voie, mais il n'est pas encore parvenu au bout, dit Confucius.

Pendant des jours et des jours encore, ils poursuivirent leur long voyage. Ils traversèrent le fleuve Chi shui. Le bonnet noir que portait Confucius était couvert de poussière, la pluie et le vent avaient défraîchi sa pelisse de renard.

Lorsqu'ils pénétrèrent dans la capitale du royaume de Wei, des passants montrèrent leur voiture du doigt et dirent :

— Voilà Maître K'ong qui arrive du royaume de Lu. Il vient apporter aux despotes qui nous gouvernent la doctrine de la bienfaisance ainsi qu'une sage politique.

Les gens avaient des visages émaciés par la faim et la fatigue ; les murs des maisons étaient sombres, ils respiraient la tristesse et la désolation. Toutes les belles fleurs du pays avaient été transplantées pour l'agrément des yeux de la reine ; tous les porcs gras, réservés pour le plaisir de sa bouche royale. Les rayons du soleil printanier éclairaient en vain les ruelles grises et désertes. Sur la colline au centre de la capitale, le palais royal, chatoyant comme un brocart couleur d'arc-en-ciel, dominait, bête féroce gorgée de sang, le cadavre de la ville. La cloche que l'on battait au fond du palais retentissait aux quatre coins du royaume, comme les rugissements d'une bête fauve.

— Que te dit le son de cette cloche ? demanda Confucius, s'adressant encore à Tzŭ Kung.

— Ce n'est ni la mélodie fragile et plaintive que le Maître adresse au Ciel, ni la libre chanson de Lin Lei qui s'abandonne au Ciel, c'est le chant d'une âme effroyable, un chant qui célèbre les jouissances condamnées par le Ciel.

— Bien vu. C'est la cloche baptisée Lin que le roi Hsiang de Wei fit jadis fondre au prix de la sueur du peuple, en dilapidant les ressources du royaume. Quand elle retentit dans le parc du palais, son écho se propage de forêt en forêt avec ce grondement terrible que tu as entendu, ce grondement effroyable gros des larmes et des malédictions du peuple broyé par ses tyrans.

Ainsi parla le Maître.

Sur le belvédère qui dominait l'étendue du pays, le roi Ling de Wei avait fait installer près de la balustrade un paravent de mica et des sièges de cornaline ; il se tenait là en compagnie de son épouse Nantzu enveloppée du nuage bleuté de sa robe à longue traîne irisée ; tout en échangeant des coupes d'une liqueur de mil richement parfumée, ils contemplaient le printemps, plaines et monts endormis sous un voile de brume.

— Alors qu'un flot de lumière radieuse inonde le ciel et la terre, pourquoi ne voit-on pas de fleurs aux couleurs éclatantes ? Pourquoi n'entend-on pas le doux chant des oiseaux dans le logis de nos sujets ?

Et le roi Ling fronça les sourcils.

— C'est que le peuple, non content de louer la clémence de Votre Majesté et la beauté de Votre Royale Epouse, fait hommage de toutes ses plus belles plantes pour orner les jardins du palais ; tous les oiseaux du pays jusqu'au dernier s'y rassemblent, attirés par le parfum des fleurs, répondit l'eunuque Yung H'ü qui se tenait auprès de lui.

A ce moment-là, brisant le silence de la ville désolée, tintinnabula la clochette de la voiture de Confucius qui passait au pied du belvédère.

Le général Wang Sunchia, qui lui aussi servait le prince, écarquilla les yeux d'étonnement.

— Qui donc est cet homme qui passe en voiture ? Il a le front de Yao, les yeux de Shun, la nuque de Kao Yao et les épaules de Tzŭ tch'an. Il s'en faut de trois pouces à peine pour que ses jambes soient aussi longues que celles de Yu.

— Mais qu'il a la mine triste ! Général, vous qui êtes au fait de tout, dites-moi d'où vient cet individu-là, dit Nantzu qui se tourna vers l'officier en montrant l'ombre de la voiture dont ils suivaient des yeux la course.

— Dans ma jeunesse j'ai parcouru beaucoup de pays. Pourtant, mis à part Lao tzŭ, historiographe du royaume de Chou, je n'ai jamais rencontré un homme de si belle apparence. Ce ne peut être que Confucius, le sage du pays de Lu qui, déçu par la politique de ses princes, s'est mis en route pour répandre son enseignement. On raconte qu'une chimère, le *ki-lin*, apparut à sa naissance, qu'une musique harmonieuse emplit le ciel et qu'une déesse en descendit. Sa bouche évoque la puissance du taureau, ses mains la force du tigre, et son dos la résistance de la tortue. Sa taille atteint neuf pieds six pouces et il a la prestance du roi Wang Wen. Ce ne peut être que lui, expliqua Wang Sunchia.

— Ce sage que tu appelles Confucius, quel art enseigne-t-il donc ? demanda le roi Ling en vidant le verre qu'il tenait à la main.

— Les sages détiennent la clé de la Connaissance. Mais cet homme-là, à ce qu'il paraît, apporte aux princes l'art de gouverner : celui d'assurer l'ordre dans les foyers, de faire prospérer le pays et de pacifier leurs terres, expliqua de nouveau le général.

— J'ai cherché des belles par tout le pays et j'ai trouvé Nantzu. J'ai amassé les trésors des quatre coins de la terre et j'ai pu construire ce palais. Désormais je n'ai plus qu'un désir : proclamer sous les cieux mon omnipotence et me parer de l'autorité digne d'une telle épouse et d'un tel palais. Je veux à tout prix mander ici ce sage et apprendre de lui l'art de pacifier mon royaume.

Ce disant, le prince observait Nantzu qui lui faisait face de l'autré côté du guéridon, car d'habitude, mieux que ses propres mots, c'étaient les paroles sorties des lèvres de son épouse qui exprimaient le plus fidèlement ce qu'il ressentait.

— S'il est un prodige au monde, dit-elle, j'aimerais le voir de mes yeux. Si cet homme au visage sombre est véritablement un sage, il pourra sans doute me faire connaître quantité de prodiges.

Et Nantzu leva des yeux rêveurs et suivit du regard la voiture qui s'éloignait.

Confucius et ses disciples s'approchaient du Palais Nord, quand un eunuque au visage intelligent, suivi d'une nombreuse escorte, se précipita à leur rencontre, menant à grand train un attelage de quatre chevaux du pays de Ch'u. S'inclinant respectueusement devant le Maître, avec une extrême politesse, il lui offrit la place d'honneur.

— Je suis votre humble serviteur Zhang Shuan, mandaté par Sa Majesté le roi Ling pour vous accueillir. Aux quatre coins de l'Empire, on sait que le Maître voyage en ce moment pour répandre son enseignement. Au cours de ce long voyage, le toit de jade de votre voiture s'est usé au vent, la flèche du timon s'est mise à grincer. Daignez prendre à la place ce nouvel équipage et venir honorer le Palais de votre visite. Veuillez enseigner à notre souverain la voie que suivaient les grands rois fondateurs pour gouverner et assurer la paix à leurs peuples. Pour effacer votre fatigue, une source bouillonnante et pure comme le cristal vous attend au sud des Champs du Ponant. Pour étancher votre soif, les vergers du Palais regorgent de citrons doux, de bigarades juteuses, et de cédrats parfumés. Pour flatter votre appétit, porcs, ours, panthères, bœufs et moutons, tous bien gras, ventrus comme édredons, somnolent dans les cages du parc royal. Veuillez interrompre votre voyage pour séjourner dans notre pays deux mois, trois mois, une année ou dix même, afin de dissiper les brumes de nos esprits et dessiller nos yeux.

A ces mots, Confucius répondit :

— Plus que les richesses d'un palais majestueux, m'importe la sincérité de qui aspire à la voie royale des Trois Sages. Posséderait-il dix mille chars de guerre qu'un prince ne pourrait déployer les fastes des tyrans Jie et Fu. Son royaume ne s'étendrait-il que sur cent lieues, qu'il serait déjà trop vaste pour être gouverné selon les sages préceptes de Yao et Shun. Si le roi Ling désire vraiment mettre fin aux malheurs de ce monde et réaliser le bonheur de son peuple, j'accepte sans regret de vivre ici et d'y être enterré.

Un peu plus tard, Confucius et ses disciples étaient introduits dans l'enceinte du palais. Leurs chaussures noires laquées martelaient le sol de pierre polie. Ils passèrent ainsi devant un atelier où de nombreuses dames d'honneur tissaient des brocarts, faisant résonner bien fort les peignes ; elles chantaient à l'unisson :

Nos souples mains de femmes
A coudre vos robes s'affairent.

Sous les nuages floconneux des pêchers en fleurs, on entendait les bœufs du pré royal mugir paresseusement.

Sur le conseil du sage Zhang Shuan, le prince Ling avait demandé à son épouse de se retirer avec ses suivantes, purifié ses lèvres qui gardaient encore le goût des liqueurs du plaisir, et mis de l'ordre dans sa tenue. Il accueillit Confucius dans une salle du palais et le questionna sur la voie qui permet à un prince d'enrichir son pays, de renforcer son armée et d'être le trait d'union entre le ciel et la terre.

Mais le Maître ne fit aucune allusion à la guerre qui meurtrit un pays et sacrifie la vie de ses hommes ; il ne parla pas non plus de la cupidité des souverains qui saigne les peuples et arrache leurs biens. Il prêcha solennellement l'importance primordiale de la morale, plus essentielle encore que les affaires militaires et l'économie. Il souligna la différence entre la voie des conquérants qui soumettent les royaumes par la force et la voie royale de ceux qui s'attachent les peuples par leur vertu.

— Si vous aspirez sincèrement aux vertus royales, surmontez d'abord vos propres désirs.

Telle fut la leçon du Sage.

Le roi Ling fut dès lors guidé par les paroles du Maître et non plus par celles de son épouse. Le matin, dans son cabinet de travail, il consultait Confucius sur l'art véritable de gouverner ; le soir, sur la terrasse, il apprenait à lire le mouvement des astres selon la théorie des quatre divisions du jour. La nuit, il ne rendait plus visite à la couche de son épouse. Les peignes de l'atelier de brocarts se turent ; on entendait siffler les arcs, résonner les sabots des chevaux et chanter les flûtes : c'étaient les jeunes nobles qui s'exerçaient aux Six Arts[2]. Un jour, tôt le matin, le prince monta seul sur son belvédère pour contempler l'étendue de son royaume : de beaux oiseaux gazouillaient par monts et plaines, de magnifiques fleurs ornaient chaque maison, les paysans labouraient en chantant bien haut les vertus de leur prince. De chaudes larmes d'émotion mouillèrent ses yeux.

— Quelle est donc la cause de tant de pleurs ?

---

2. Les rites, la musique, le tir à l'arc, la conduite des chars, l'art d'écrire et le calcul.

La voix de Nantzu lui parvint, chargée de doux parfums auxquels nul n'aurait pu rester insensible. La girofle odorante qui parfumait sa bouche, l'eau de rose venue des contrées lointaines qui imprégnait ses robes vinrent tourmenter ses narines. La magie des effluves qu'exhalait le corps de la belle si longtemps délaissée menaçait de ses griffes acérées et cruelles le cœur de son époux, maintenant pur comme le cristal.

— Je t'en supplie, ne darde pas sur mes prunelles ton regard mystérieux. Ne noue pas autour de mon corps tes bras souples et gracieux. Bien que le Maître m'ait enseigné l'art de surmonter les tentations, je ne sais pas encore résister à celle de ta beauté.

Le prince écarta les mains de son épouse et détourna la tête.

— Ah ! ce Maître K'ong a finalement réussi à vous détacher de moi ! Il était naturel que je ne vous aimasse point. Mais vous, comment pourriez-vous cesser de m'aimer ?

Une violente colère enflammait les lèvres de Nantzu. Elle avait un amant du nom de Sung Chao, un jeune aristocrate du royaume de Sung qu'elle connaissait déjà avant de s'attacher au prince. Elle enrageait moins de sentir l'amour de son époux décliner que de constater la perte de son influence sur lui.

— Ce n'est pas que je ne t'aime plus. Désormais je veux t'aimer comme un mari aime sa femme. Jusqu'à présent, je t'ai servie comme l'esclave son maître et adorée à l'égal d'une déesse. Je t'ai sacrifié mon pays et mon peuple, je t'ai sacrifié mes richesses et ma vie : c'est à ce prix que je me suis employé à satisfaire ton plaisir. Mais l'enseignement du Sage m'a fait comprendre qu'il existe plus noble tâche. Le meilleur de mes forces, je le puisais jusqu'à présent dans la splendeur de ta chair. Mais la sagesse du Maître m'a insufflé une force plus grande encore.

Au fur et à mesure qu'il lui faisait part de sa vertueuse résolution, le roi avait insensiblement relevé la tête et s'était redressé : il était maintenant face à face avec son épouse courroucée.

— Vous n'avez pas assez de caractère pour me résister. Vous me faites vraiment pitié. Nul n'est plus à plaindre en ce monde que celui qui n'a pas de volonté. Mais je puis sur-le-champ vous arracher des mains de ce Confucius. Alors que vos lèvres viennent de prononcer des propos si édifiants, vos yeux ne sont-ils pas déjà amoureusement fixés sur mon visage ? Votre servante sait l'art d'ensorceler l'âme des hommes. Vous verrez, ce Confucius, ce sage, sera bientôt en mon pouvoir.

La reine, souriant d'un air triomphant, coula un regard vers le roi, et dans un grand froissement de robes, quitta le belvédère. Le cœur du roi, jusqu'à ce jour resté serein, était cruellement partagé.

— De tous les hommes de qualité qui, des autres royaumes, viennent dans notre pays de Wei, il n'en est point qui ne sollicite avant toute chose une audience de la reine. Pourquoi le Sage ne vient-il pas se présenter, lui qui accorde, paraît-il, une si grande importance à l'étiquette ?

Lorsque l'eunuque Yung H'u vint transmettre ces réflexions à Confucius, sa modestie lui interdit de se dérober.

Accompagné de ses disciples, il se présenta au Palais ; tournés vers le nord, ils se prosternèrent très respectueusement devant le trône de Nantzu que masquaient des rideaux de brocart : à peine entrevoyaient-ils une paire de chaussons brodés. Lorsque la reine répondit à leurs salutations d'un mouvement de tête, ils entendirent les joyaux de ses colliers et de ses bracelets cliqueter en s'entrechoquant.

— Tous ceux qui, venus au pays de Wei, ont contemplé mon visage se sont extasiés : « La reine a le front de Ta chi et les yeux de Pao szu. » Si vous êtes un véritable sage, ne me diriez-vous pas si depuis les règnes des trois rois et des cinq empereurs on a déjà vu femme plus belle que moi ?

Avec un rire joyeux elle écarta les rideaux et invita Confucius et ses disciples à s'avancer au pied du trône. Elle portait une couronne ornée de phénix, des épingles d'or et des peignes de caret retenaient sa chevelure, sa robe couleur d'arc-en-ciel brillait comme l'écaille des poissons ; son visage épanoui rayonnait comme un soleil.

— J'ai, dit Confucius, entendu parler de personnes de grande vertu ; mais de celles que distingue la beauté de leur visage, je ne sais rien.

— J'ai réuni les merveilles de ce monde, les choses les plus rares. Dans mes coffres j'ai l'or de Ta ch'ü, le jade de Ch'ui Chi. Dans mes jardins les tortues de Lou Chü et les grues de K'un Lun. Mais le célèbre septuple orifice dans le cœur du sage[3], non plus que le *ki-lin* qui apparaît à sa naissance, je ne l'ai encore jamais vu. Si vous êtes réellement un sage, ne me montrerez-vous point ces prodiges ? ajouta Nantzu. Confucius changea de visage et répondit d'un ton sévère :

— Je ne connais rien à ces merveilles ni à ces prodiges. J'ai seulement appris ce que tous les hommes et les femmes connaissent ou devraient connaître.

Adoucissant le ton, la reine dit :

— Beaucoup d'hommes ont contemplé mes traits et entendu le son de ma voix. Toujours leur front soucieux s'est détendu et les nuages qui assombrissaient leur visage se sont dissipés. Mais vous, Maître, pourquoi garder cet air morose ? Que les visages tristes sont donc laids à voir ! Je connais un jeune homme du pays de Sung nommé Sung Chao : son front n'est pas aussi noble que le

3. Allusion au sage Bigan que le tyran Zhou Xin de la dynastie des Yin fit, d'après la légende, mettre à mort afin d'examiner son cœur pour voir s'il était vrai que celui des sages était réellement percé de sept ouvertures.

vôtre, mais son regard est radieux comme un ciel de printemps. J'ai à mon service un eunuque, Yung H'ü : sa voix n'a pas la solennité de la vôtre, mais sa langue légère babille comme l'oiseau printanier. Si vous êtes vraiment un sage, il vous faut avoir cet air serein qui sied à un cœur généreux. Maintenant je m'en vais chasser cette tristesse qui voile votre visage et balayer ces ombres qui l'obscurcissent.

— Je possède toutes sortes de parfums. Qu'ils pénètrent une âme accablée de soucis, et la voilà transportée dans la magie d'un monde merveilleux.

A ces mots de la reine, sept dames d'honneur, portant couronne d'or et ceinture brodée de fleurs de lotus, firent un cercle autour du Sage et lui présentèrent sept brûle-parfums.

La reine ouvrit le coffret et, pincée après pincée, répartit les différentes poudres d'encens dans les brûle-parfums. Sept volutes d'une lourde fumée s'élevèrent paresseusement tout au long des rideaux tissés de fils d'or. Les vapeurs de santal, jaunes, violettes ou blanches, étaient chargées des rêves étranges couvés pendant des siècles au fond des mers du sud. Le parfum aux douze safrans concentrait la fragrance des plantes nourries de brume printanière. Le *lung yen,* tiré de la salive malaxée et durcie des dragons qui hantent les marécages de Ta shin K'ou, et le *chen,* extrait des racines odoriférantes des arbres qui croissent dans Chiao Chou, possédaient tous deux le pouvoir d'entraîner l'esprit humain vers des mondes lointains de douces rêveries. Mais le Sage ne faisait que s'assombrir.

La reine lui dit en souriant :

— Ah ! voilà que votre visage commence enfin à s'épanouir ! Je dispose aussi d'une grande variété de vins que je sers dans des coupes de choix. Les vapeurs d'encens ont fait couler le miel dans votre cœur plein d'amertume, quelques gouttes de vin apporteront un heureux bien-être à votre corps figé dans sa solennité.

A ces mots, sept dames d'honneur, portant couronne d'argent et ceinture brodée de pampres, déposèrent avec déférence sur la table vins rares et coupes merveilleuses.

La reine les emplit l'une après l'autre et invita ses hôtes à boire. Ces liqueurs exquises avaient l'étrange pouvoir d'inspirer le mépris des justes valeurs et l'amour exclusif de la beauté. L'une d'elles, versée dans une coupe de saphir diaphane qui jetait des reflets céruléens, dispensait, rosée melliflue, de célestes jouissances interdites aux mortels. La deuxième coupe, couleur de jade vert, aussi fine que du papier, avait une étrange propriété : à peine versé, le vin froid se mettait à bouillonner ; il réchauffait alors les entrailles des plus attristés. Une autre coupe était faite de la tête d'un crustacé des mers du sud aux antennes longues de plusieurs pieds, rouges comme la colère. Elle était incrustée de gouttelettes d'or et d'argent, qui donnaient l'illusion d'une verse d'embruns. Mais le front du Sage s'assombrissait encore, tandis que le sourire de la reine se faisant toujours plus rayonnant :

— Que votre visage, Maître, est bellement épanoui ! Je possède une merveilleuse variété de volailles et de venaison. Ceux qui, grâce aux effluves de l'encens, ont lavé leur âme de toute souffrance et, grâce aux vertus des vins, libéré leur corps de toute raideur, ceux-là doivent offrir à leur palais de riches nourritures.

A ces mots, sept dames d'honneur portant couronne emperlée et ceinture tilleul déposèrent sur la table des plats débordant de viandes de toutes sortes.

La reine les proposa l'un après l'autre et invita ses hôtes à y goûter. Il y avait là du fœtus de panthère noire, des oisillons de Tan Hsue. Il y avait aussi de la viande séchée du dragon de Kun Lun, et de la plante de pied d'éléphant. Une bouchée de ces chairs exquises suffisait à distraire l'esprit de toute idée de bien et de mal. Mais le visage du Sage ne s'en éclaira pas pour autant, tandis que, pour la troisième fois, la reine arborait un sourire éclatant :

— Ah ! Maître ! plus que jamais vous avez belle mine, noble prestance. Ceux qui ont respiré ces vins âpres et corsés, et qui se sont rassasiés de ces viandes riches et grasses, ceux-là peuvent vivre dans un monde sans contrainte dont le commun des mortels ne saurait même rêver : un monde intense, beau, violent, où ils peuvent oublier soucis et souffrances de cette vie. Ce monde, maintenant je vais le faire apparaître à vos yeux.

Ayant ainsi parlé, elle se tourna vers un eunuque de sa suite et lui désigna l'épais rideau qui fermait la salle en face d'eux. C'était une draperie de brocart aux plis profonds qui tombaient pesamment ; elle s'ouvrit par le milieu et les deux pans s'écartèrent, laissant voir un escalier menant à un jardin. Au bas des marches foisonnait une herbe verte et parfumée que baignaient les doux rayons du soleil printanier. Il y avait là un grouillement d'êtres qui s'entassaient, roulaient les uns sur les autres ; les uns levaient les yeux au ciel, d'autres se traînaient sur le sol ; d'autres encore semblaient prêts à s'élancer ou à se battre. De cette foule disparate s'élevait une rumeur confuse : râles, plaintes, cris déchirants et terribles, murmures indistincts. Certains étaient marbrés de rouge comme des pivoines en pleine floraison, d'autres tressaillaient comme des colombes blessées : c'était la foule des coupables, condamnés à de cruels supplices, tant pour avoir transgressé les lois sévères du pays que pour réjouir les yeux de la reine. Tous avaient été dépouillés de leurs vêtements, aucun n'avait gardé ses chairs intactes. Simplement pour avoir dénoncé les vices de la reine, des hommes, défigurés au fer rouge, les oreilles crevées, avaient le cou pris dans un énorme carcan. Seulement pour avoir éveillé l'attention du prince Ling et suscité ainsi la jalousie de la reine, des belles, le nez coupé, les jambes énervées, étaient chargées de lourdes chaînes. Le visage de Nantzu, que la vue de ce spectacle plongeait dans l'extase, était beau comme celui d'un poète et grave comme celui d'un philosophe.

— De temps en temps, en compagnie du prince, je parcours en voiture les rues de la capitale. S'il jette un regard enjôleur à une passante, je ne manque pas de la faire arrêter et voilà le sort que je lui réserve. Eh bien, si je vous conduisais maintenant à travers la ville en compagnie du prince ? Oseriez-vous, maintenant que vous avez vu ces châtiments, contrarier mes désirs ?

Ce discours traduisait sa volonté implacable d'omnipotence. Prononcer des paroles cruelles avec un regard tendre, telle était la manière de la reine.

Un jour de printemps de l'année 493 avant notre ère, deux voitures attelées de quatre chevaux passèrent dans les rues de la capitale de Wei, sise entre les fleuves Huang et Sh'i sur les ruines de la cité des Yin. Dans la première, qu'ombrageaient des parasols portés par deux filles d'honneur et qu'escortaient en grand nombre dignitaires et dames de la cour, se tenait avec le roi Ling de Wei et l'eunuque Yung H'ü, la reine Nantzu, émule de Ta Chi et de Pao Szŭ, les féroces souveraines de jadis. Dans l'autre, accompagné de ses disciples, se trouvait Confucius, le Sage venu de la province de Ch'u, émule de Yao et Shun, les vertueux rois de l'antiquité.

— Ah ! même ce fameux Sage avec toute sa vertu n'a pu, apparemment, venir à bout de la cruauté de la reine. C'est elle de nouveau qui va dicter sa loi au royaume de Wei.

— Regardez comme le Sage paraît triste ! Regardez comme la reine a l'air triomphant ! Jamais sa beauté n'a été si éclatante.

Tels étaient les propos qu'échangeaient, au passage du cortège, les petites gens qui s'arrêtaient pour regarder.

Ce soir-là, la reine choisit ses fards avec un soin particulier et attendit dans ses appartements, étendue sur sa couche de brocart, jusqu'à une heure avancée de la nuit. Soudain des pas discrets se firent entendre et l'on frappa doucement à la porte.

— Ah ! vous êtes enfin revenu ! Jamais plus il ne faudra vous dérober à mes étreintes.

Et la reine, ouvrant les bras, enlaça le roi Ling de ses longues manches. Ses bras souples, enflammés par les vins, l'emprisonnaient comme des liens inextricables.

— Je te hais. Tu es une femme diabolique, un vrai démon qui me détruit. Mais malgré tous mes efforts, je ne parviens pas à m'éloigner de toi.

La voix du roi tremblait. Les yeux de la reine avaient l'éclat orgueilleux du mal.

Le lendemain matin, Confucius accompagné de ses disciples reprit la route du pays de Ts'ao pour y répandre son enseignement.

— Je n'ai jamais vu personne qui soit aussi attaché à la vertu qu'à la volupté.

Sur ce, le Sage laissa derrière lui le pays de Wei. Aujourd'hui encore nous pouvons lire cette déclaration dans le vénérable recueil des entretiens du Maître.

Traduit et présenté par le groupe Kirin.

Table

Achevé d'imprimer en octobre 1986
sur les presses de l'imprimerie Laballery
58500 Clamecy
Dépôt légal : octobre 1986
Numéro d'imprimeur : 610036